MEDLEY OU OS DIAS EM QUE APRENDI A VOAR

Medley ou os dias em que aprendi a voar
© 2021 by Keka Reis
© 2021 VR Editora S.A.

Plataforma21 é o selo jovem da VR Editora

DIREÇÃO EDITORIAL Marco Garcia
EDIÇÃO Thaíse Costa Macêdo
PREPARAÇÃO Natália Chagas Máximo
REVISÃO Fabiane Zorn e Isadora Próspero
DIAGRAMAÇÃO Victor Malta e Pamella Destefi
CAPA E MAPA Irena Freitas

Dados Internacionais de Catalogação na Publicação (CIP)
(Câmara Brasileira do Livro, SP, Brasil)

Reis, Keka
Medley ou os dias em que aprendi a voar / Keka Reis. — 1. ed.
— Cotia, SP : Plataforma21, 2021.

ISBN 978-65-88343-10-4

1. Ficção - Literatura infantojuvenil 2. Literatura juvenil
I. Título.

21-69480   CDD-028.5

Índices para catálogo sistemático:
1. Ficção : Literatura infantojuvenil 028.5
2. Ficção : Literatura juvenil 028.5
Aline Graziele Benitez - Bibliotecária - CRB-1/3129

Todos os direitos desta edição reservados à
VR EDITORA S.A.
Via das Magnólias, 327 – Sala 01 | Jardim Colibri
CEP 06713-270 | Cotia | SP
Tel.| Fax: (+55 11) 4702-9148
plataforma21.com.br | plataforma21@vreditoras.com.br

KEKA REIS

medley
OU OS DIAS EM QUE APRENDI A VOAR

PLATAFORMA21

Para a Marininha, por tudo.
E por ter segurado a minha mão naquela hora.

E para o Marcelo Starobinas,
o amigo irmão que me ajudou a criar asas.

era para ele ser
o primeiro amor masculino da sua vida
você ainda busca por ele
em todos os lugares
– *pai*

(versos traduzidos de *Milk and Honey*
[Leite e Mel], de Rupi Kaur)

Quebra-cabeça

Toda vez que alguém me pergunta a idade que eu tinha quando aprendi a nadar, me lembro de uma história. Uma lembrança que eu não teria, mas que ficou na minha memória de tanto ouvir a minha mãe contar: para mim, para os outros, para qualquer pessoa que tenha curiosidade a respeito das proezas de que sou capaz dentro de uma piscina. A minha mãe não é muito de falar, mas por alguma razão que não entendo direito, ela ama se lembrar dessas minhas primeiras braçadas. Talvez seja orgulho. Talvez.

Eu tinha um pouco menos de 2 anos e estava correndo de um lado pro outro muito perto da piscina, na casa em que morávamos na época. Porque é isso que os bebês fazem: correm de um lado pro outro. Só que, no meio da correria, eu caí na piscina. Ou pulei, como vocês vão entender daqui a pouco. A minha mãe, que estava na espreguiçadeira lendo um livro gigantesco, ficou sem ação. Paralisada de medo. A única coisa que ela conseguiu fazer foi gritar.

"A Lola! A Lola caiu na piscina!"

Imediatamente, o meu pai, que nem estava no terraço nem nada, apareceu correndo e pulou na piscina para me salvar. Só que ele não me salvou.

Como é? Então eu já morri? Agora vocês devem estar se perguntando se esse é mais um daqueles livros de adolescentes que adoram uns lances sobrenaturais, vampiros ou as tais brincadeiras do copo. Sinto muito pela frustração, mas não é esse o caso.

Dentro da piscina, meu pai conseguiu me ver melhor e percebeu que eu estava batendo os meus braços e pernas de bebê. Então ele sorriu, orgulhoso.

"Ela não caiu, ela pulou. A minha filha, ela sabe nadar!"

Sim, eu tinha menos de 2 anos de idade. Estava nadando. E foi mais ou menos assim que tudo começou.

Só que essa lembrança não é minha, porque a verdade é que eu não tenho nenhuma memória do que aconteceu comigo antes do dia 2 de setembro de mil novecentos e setenta e nove. Esse foi o dia em que meu pai morreu. Ou, pelo menos, o dia em que a minha mãe contou para mim e para o meu irmão que ele tinha ido embora. Para sempre.

Lembro todos os detalhes. Fui buscada mais cedo na escola e estava toda feliz dentro do carro. Eu nunca tinha sido buscada mais cedo na escola, então aquilo parecia importante. Uma aventura intergaláctica ou algo assim. A minha mãe estava mais quieta do que de costume, e achei que aquilo tudo fosse parte de um plano maior. De certa maneira, até era. Um plano muito maior. Só não dá para dizer que era um plano melhor.

Quando chegamos em casa, meu irmão tinha acabado de acordar e estava esperando a gente no sofá da sala. Ele sorria de felicidade com a nossa chegada e tentava montar uma torre de copinhos plásticos, o tipo da brincadeira básica que toda criança pequena adora. Então, nossa mãe finalmente falou.

"O pai de vocês morreu. Agora somos só nós três."

Logo depois de soltar a frase que mudaria as nossas vidas para sempre, ela chorou. Um choro triste, baixinho, contido. Um choro de mãe que está tentando se controlar na frente dos dois filhos pequenos. E porque ela chorou, eu chorei. E porque eu chorei, o meu irmão também chorou. O nome dele é Raul. E isso tudo aconteceu quando ele tinha menos de 2 anos. Eu iria completar 4 na semana seguinte. Tão pouco tempo antes do meu quarto aniversário chegar, fui obrigada a envelhecer mil anos. Assim, de uma hora pra outra.

Foi tudo muito esquisito. Esquisito de um jeito que uma criança pequena não consegue entender. Até hoje eu não consigo. Um dia o meu pai estava lá do nosso lado e, no dia seguinte, não estava mais. Tinha desaparecido.

"Para onde foi o meu pai? O que aconteceu com ele?"

Essa pergunta continua sem reposta até hoje. Eu não estou falando de uma explicação religiosa da coisa, até porque eu tenho medo de fantasma, loira do banheiro e de tudo que envolva o desconhecido. A resposta prática, objetiva, a que eu precisava e gostaria de ter, é a que não veio. Eu não sei o que aconteceu com ele. Como meu pai morreu. Se foi acidente, doença ou fatalidade. A única coisa que sei é que, aos quase 4 anos de idade, tive que entender o significado de uma palavra que não deveria caber na boca de nenhuma criança nesse mundo: "morte". Não daquele jeito abrupto como eu aprendi, pelo menos.

Morte.

Uma palavra que não faz nenhum sentido para quem acabou de aprender a falar, e o maior desafio até ali era passar horas longe da mãe ou montar um quebra-cabeça em formato de urso. Mas, antes que vocês notem a falta de uma peça nesse estranho quebra-cabeça que foi a minha vida até agora, deixa eu me adiantar: eu não sei nada sobre a morte do meu pai e não me lembro da cara dele, porque a minha mãe nunca mais tocou no assunto. Nós mudamos de casa, ela enfiou as fotos dele não sei onde, manteve distância da minha família paterna e nunca, nunca, nunca respondeu uma única pergunta sequer sobre o tal dia – o dia em que ele desapareceu. A única coisa que ela conta sobre o meu pai é a história de como aprendi a nadar sozinha. A lembrança que não é minha. E que não é uma história sobre ele, e sim a minha história.

Mas, calma! Não fechem o livro achando que, pelo jeito, todo mundo aqui vai ficar com os olhos embaçados de tanta lágrima querendo cair nem desistam de ler porque no pouco tempo livre que têm não vão querer ficar sofrendo com a desgraça alheia. Eu preciso dizer que nem tudo é lama e tristeza nessa minha história. Muito pelo contrário. Vivo pensando que, para todo começo de vida triste assim, deve existir um meio muito bom. Recheado de cenas coloridas, sorrisos, carinhos e lembranças, muitas lembranças boas. Uma vida inteira (ou pelo menos o meio dela) cheia de conversas engraçadas e preocupações bobas como pontas duplas no cabelo – eu sempre invejei secretamente as meninas que se preocupam com pontas duplas. E quem sabe seja até uma história de amor. Dessas que a heroína acaba suspirando de felicidade no final. Por que não? Eu também mereço suspirar de felicidade no final.

A verdade é que eu sofri e acho que vou sofrer para sempre com a ausência de um pai do qual eu não me lembro. Quem já perdeu alguém sabe do que estou falando. Ainda mais se você não se lembra desse alguém, assim como eu não me lembro do meu pai. Só que, antes de desaparecer para sempre, de morrer, evaporar, ir morar no céu ou no inferno (vai saber), ele fez uma coisa que só um pai muito legal faz por uma filha. Ele olhou para mim. Ele olhou para mim dentro daquela piscina e disse bem alto:

"Ela não caiu, ela pulou. A minha filha, ela sabe nadar!"

Por causa dessa lembrança emprestada, eu aprendi a nadar muito bem e muito rápido, e virei campeã de natação. Por causa da voz do meu pai, a piscina virou minha casa. Aqui embaixo da água, é como se todo o resto não existisse.

A escola, as pessoas e a pouca diferença que eu pareço fazer na vida delas. Nada disso importa. Tá ouvindo o barulho desse apito? É mais uma medalha de ouro chegando. *Obrigada, pai.*

Ataque de *gremlins*

Estou em cima do pódio e fico pensando que já devo ter passado por isso tantas vezes que comecei a achar chato. Mas é totalmente pedante e fora do comum ganhar uma medalha de ouro por uma coisa que você ama fazer e, ainda por cima, achar isso chato. Eu acho que não sou nem um pouco pedante. Acho.

A presidente da Associação Paulista de Natação se aproxima de mim, dá uma piscadinha e sorri.

– Nós temos muito orgulho de você, Lola.

Eu respondo com o meu sorriso amarelo-pardo-forçado e balanço a cabeça em sinal positivo. A cerimônia começa. Algumas pessoas batem palmas para a Mirela Batista, a menina que ganhou a medalha de bronze. Ela suspira fundo, parece feliz. Na sequência, a tal presidente da associação entrega a medalha de prata para uma menina que eu não conheço e um barulho ensurdecedor toma conta do clube. De uma hora para outra, surgem milhares de adultos felizes e exultantes por todos os lados. Eles parecem *gremlins*, uns bichinhos bagunceiros e barulhentos de um filme que a minha mãe adora ver junto com a gente, e que eu não acho muita graça. Mas eu dou risada quando os *gremlins* se multiplicam na água. Bom, minha mãe adora. Então, eu tolero. Eles batem palmas, gritam e tiram fotos. São *flashes* e mais *flashes*. A festa é tão grande que eu demoro para perceber a mulher de óculos sufocando a menina desconhecida, a que ganhou a medalha de prata, em um abraço aflitivo.

– A gente conseguiu. A gente CONSEGUIU!

Passou um tempo até a ficha cair e eu entender que essa pessoa, que parece a mulher mais orgulhosa e animada do mundo, é a mãe da garota. Logo em seguida, ela é expulsa pela medalhista de prata com um olhar gelado e um apelo na voz:

– Mãe, menos...

Eu fico com pena da mãe, que sai de cena com um olhar triste e os ombros caídos. Essa menina, que super deve entender de pontas duplas, me parece tão estranha quanto aquelas líderes de torcida malvadas de filme americano. Ela faz um gesto com a medalha, como se fosse morder a coitada, e eu caio na risada. Na verdade, solto a minha gargalhada mais alta e espontânea, uma das minhas marcas registradas. Não consigo segurar. No instante em que começo a me preocupar com a reação das pessoas que estão ao meu lado, o clube vem abaixo. Mais *gremlins*, mais barulho e mais *flashes*. Tudo isso por causa do gesto ridículo da menina da medalha de prata. Imagina só o que essa família descontrolada vai fazer quando a coitada conseguir ganhar uma medalha de ouro? Mas, logo depois desse meu pensamento maldoso, engulo a gargalhada que ninguém ouviu e, finalmente, entendo a razão pela qual o pódio e as cerimônias estavam ficando cada vez mais chatos para mim: nunca tem ninguém aqui para comemorar comigo. Nunca. Demorou para cair a ficha. Tipo, uns quarenta pódios. É mergulhada nesse espírito tristonho que percebo a medalha de ouro sendo colocada no meu pescoço pela presidente da Associação Paulista de Natação. Ela repete o que já tinha dito antes:

– Nós temos muito orgulho de você, Lola.

Olho para ela e respondo, meio sem pensar:

– É? Por quê? É só mais uma medalha.

Silêncio no pódio. Um silêncio gelado. *Gremlins* olham feio para mim. Medalhistas de prata e bronze me fuzilam com os olhos. Eu percebo o tamanho da bola fora que dei e tento consertar.

– Uma medalha de ouro. Legal, muito legal. Uhuuu!

Nisa, a minha treinadora e uma das poucas pessoas que me entendem no mundo, vem em meu socorro.

– Vem, Lola. Ligaram da sua casa. Você tem que ir.

Eu quase caio do pódio. Porque, desde o dia 2 de setembro de mil novecentos e setenta e nove, eu passei a detestar surpresas. Surpresas, pessoas que me buscam mais cedo nos lugares e possíveis aventuras intergalácticas. Só quando Nisa dá uma piscadinha pra mim é que percebo que ela inventou aquela desculpa para me tirar de lá. Ela me acompanha até a porta do clube.

– Agora chega. Você está de férias. Nada de piscina, cloro ou gastar muito tempo pensando nos campeonatos daqui.

Eu reviro os olhos, sem entender direito o que ela está querendo dizer.

– Falou a treinadora.

– É que daqui a pouco está na hora de você voar mais alto, pensar nos campeonatos de fora.

Agora entendi, campeonatos gringos. Faz sentido, ela é minha treinadora. Eu me despeço da Nisa de um jeito desajeitado. Ela é uma dessas pessoas queridas que gostam de sorrir, dar abraços longos e comer algodão-doce. Eu nunca experimentei algodão-doce e não sei muito bem como abraçar. Mas eu tento. Ou melhor, eu tento dar um abraço decente na Nisa, só que a coisa toda sai meio sem graça. Tudo bem, ela me entende.

Quando chego em casa, a mesa do jantar está posta. Acho que vamos receber alguém. O que é estranho, minha mãe nunca tem muito tempo para os amigos. Ela sai e entra na sala, colocando mais alguns descansos de mesa e guardanapos de pano para o jantar. Guardanapos de pano? Chocante! Raul, que agora está com 13 anos e é um dos meninos mais bizarros que conheço, parece entretido com sua HQ. Ele não tira o moletom verde por nada nesse mundo. Mas eu juro que não vou perder tempo falando muito do meu irmão. O resto do mundo já perde tempo demais com ele. Eu não. Minha mãe entra na sala de novo. Eu olho aquela superprodução e resolvo interagir.

— Quem é que vem para jantar?!

— Como, quem vem? Lola, é seu jantar de despedida.

Bom, acho que preciso explicar algumas coisas antes de continuar. Salto Bonito é o nome da cidade para qual eu estou indo amanhã. Um lugar pequeno, minúsculo. E, se me perguntarem por que eu decidi passar as férias com o meu tio diferentão em uma cidade como essa, eu não vou saber responder. Adolescente, né? Sabem como é. Eu não sei direito, mas desde os meus 12 anos essa é a desculpa que uso para enfrentar os momentos mais embaraçosos: adolescente, né? Sabem como é.

De algum jeito maluco a minha estratégia parece funcionar. As pessoas me perdoam sempre.

O jantar, apesar de chique e muito produzido, é como outro qualquer. O Raul come rápido e nem pisca, a minha mãe me enche de perguntas práticas e eu evito tocar no único assunto que eu sempre quero tocar.

— Não é melhor você levar a carteira de vacinação, filha?

— Eu não estou indo para a Amazônia, mãe.

— Seria legal se você fosse para a Amazônia.

Essa fala é do meu irmão, que resolve passar horas delirando sobre os dentes de um jacaré encontrado na selva. E para acabar com esse assunto superimportante, assim que a minha mãe pergunta se eu peguei tudo que é necessário para a viagem, se preciso de mais alguma coisa, eu respondo. Ou melhor, eu toco no único assunto que eu sempre quero tocar. O único assunto que eu realmente deveria evitar.

— Preciso, sim. Eu preciso de uma foto do meu pai.

Silêncio gelado. Olhos me fuzilam. Jacarés me fuzilam. *Gremlins* me fuzilam. Saio da mesa correndo, bato a porta e me tranco no meu quarto. Adolescente, né? Sabem como é.

Enquanto arrumo a mala e escuto uma fita cassete com a voz do meu pai, coisa que vou explicar logo mais, porque vocês têm todo o direito de estranhar o fato dessa fita só aparecer agora na história, a minha mãe entra no quarto. Sem bater, é lógico.

— Você vai dormir de cabelo molhado?

— Não deu tempo de secar ainda. Eu tive que sair correndo do campeonato.

— Era hoje o campeonato?

— *Foi* hoje o campeonato.

— Desculpa, filha. Eu estou tão atrapalhada com essa sua viagem. E aí?

— Medalha de ouro!

Estendo a medalha no meu pescoço, que estava sob a roupa, e mostro para ela. Minha mãe abre um sorriso lindo. Eu ensaio um quase sorriso, e dessa vez não é amarelo e nem forçado. Ela sorri com os olhos. Sim, acho que a minha mãe se orgulha muito de mim. Acho.

— Outra medalha de ouro!

Quando ela está quase chegando perto de mim, escuto

um barulho conhecido vindo da sala. É a respiração pesada do meu irmão. Além de ser o menino mais esquisito do planeta, ele tem asma. Uma asma que aparece convenientemente toda vez que a minha mãe resolve se aproximar de mim. Minha mãe, que trata meu irmão de 13 anos como se ele fosse um bibelô de cristal, me olha, aflita. Eu escondo a medalha embaixo da camiseta mais uma vez e falo o que sei que ela quer ouvir:

— Vai lá. É só mais uma medalha.

Salto Bonito

— Fusca vermelho vi! — grita Raul, como se tivesse 6 anos de idade, e não 13.

— Ah. Não tem graça, você ganha todas — responde minha mãe, orgulhosa.

Raul sorri, daí diz a única coisa verdadeiramente inteligente que já ouvi meu irmão falar na vida:

— Você deixa eu ganhar todas.

Isso é um fato. Desde que ele nasceu. Ou, pelo menos, desde que foi diagnosticado com asma, Raul vem ganhando todas. Claro que eu não lembro, essa fase da vida é como um filme em branco na minha cabeça. Mas esse filme é povoado pelas lembranças emprestadas da minha mãe, que consistem basicamente na história do meu mergulho na piscina da nossa casa e em outras trezentas mil lembranças sobre a infância e a asma do meu adorado irmão. Trezentas mil. E a história que realmente me interessa não faz parte dessa conta.

Em casa eu nunca fui nem nunca vou ser a campeã. Já desisti desse jogo faz tempo. O fato é que Raul é, sim, superinteligente e sabe usar essa tal asma como ninguém. Faz dela um instrumento de poder, direto e eficaz. E eu? Eu nado. Ou então me concentro na voz do meu pai, como estou fazendo agora.

Sai da água, jacaré.
Tá na hora de jantar.
Já tem ruga no seu pé,
e a sua mãe vai te matar.
Come como um passarinho,
nunca pede um pouco mais.
Come pouco o meu peixinho,
e não sabe comer mais.
Vai para cama descansar,
não tem monstro, eu te asseguro.
Fecha os olhos para sonhar,
perde o medo do escuro.

Estamos no meio do caminho para Salto Bonito e os dois continuam fazendo a tal brincadeira de encontrar fuscas vermelhos na estrada. A voz do meu pai foi gravada em uma fita cassete que encontrei escondida nas coisas da minha mãe. Ele era músico, eu acho. Descobri isso depois que vendi algumas medalhas de ouro, comprei um *walkman* e ouvi a tal fita. Na minha cabeça, ele fez essa música para mim. Talvez eu tivesse problemas para dormir ou comer. Muita criança tem. E quem mais sabe nadar como um peixinho naquela casa?

O que a minha mãe disse quando eu achei a fita e fui perguntar para ela se aquela era a verdadeira voz do meu pai? Nada. A cabeça dela está realmente cheia com as outras trezentas mil histórias. E com essa ligação amorosa e fascinante que ela e o Raul têm desde que eu me entendo por gente. Agora ela está falando comigo.

— Desliga isso, Lola.

— Quê? – eu respondo, como se não tivesse ouvido.

São infinitas as maneiras que eu encontro para ficar cada vez mais distante da minha casa. O *walkman* é só uma delas.

— Desliga, filha. Convive um pouco com a gente. Só um pouco.

Eu dou de ombros. Continuo com a voz do meu pai. Raul percebe a brecha e entra solando.

— Ela não gosta de brincar de "fusca vi" porque o quatro-olhos tem um fusca.

E lá vamos nós. Ele tá falando de um menino, claro. O meu irmão é um gênio. Mesmo.

— Que "quatro-olhos"? – pergunta minha mãe.

— Caramba, Raul...você não dá um tempo. Ele pode ser "quatro-olhos", mas tenho certeza que enxerga melhor a vida que você. Não enche – eu falo, mas ele finge não estar ouvindo.

Enquanto eu volto a fita para escutar de novo a música e fugir de mais esse momento constrangedor em família, percebo que já chegamos em Salto Bonito. Um lugar pequeno, estranho. As ruas são estreitas e vazias. As árvores são moldadas em forma de fruta. Eu não tenho nenhuma lembrança de ter estado aqui antes, embora tenha vindo algumas vezes na infância. Sinto um arrepio esquisito e uma espécie de dor no estômago enquanto a nossa brasília vai descendo pelas ruas da cidade. O carro sacode, o barulho do motor é super alto e eu só consigo pensar que tem alguma coisa de muito diferente nesse lugar.

– O Henrique, mãe. Aquele garoto que não saía do pé da Lola. Lembra como ela botou ele para correr?!

Minha mãe ri. O carro desce uma ladeira.

– Não me lembro desse. Agora desliga mesmo, Lola. A gente chegou. E não é que Salto Bonito está cada vez mais bonita?

Eu ignoro o pedido da minha mãe. Mas uma coisa muito bizarra acontece logo na sequência. Nós passamos em frente a um portão incrível e meio empoeirado que mais parece um portal para algum reino esquisito. Na frente dele, tem uma placa gigantesca e bem cuidada com os escritos: PISCINA MUNICIPAL. Meu coração dispara. Antes que eu possa entender a razão disso ter acontecido, um grito bem alto sai de dentro de mim.

– PARA!

Minha mãe dá um pulo.

– Que susto! Xixi? Espera chegar na casa do seu tio, filha.

Eu não tenho tempo de responder, só abro a porta do carro e entro correndo pelo portão que tem cara de portal. O meu coração está totalmente acelerado. Eu passo por duas meninas que estão com mochilas nas costas e os cabelos molhados, mas não olho direito para a cara delas. De repente, ela está lá. Vazia. Me esperando. Ela, a piscina. De um minuto para o outro, a decisão que tomei em passar quase um mês nessa cidade pequena parece fazer todo sentido. Tem uma piscina aqui, então eu vou estar em casa. Eu tento abrir uma grade meio enferrujada que dá acesso ao lugar, mas não consigo. Como acontece comigo desde muito pequena, as piscinas têm um efeito estranho em mim. Toda vez que vejo uma, e não importa se a água está limpa ou não, eu tenho vontade de pular. Pode ser a piscina mais verde e suja e bizarra de filme terror, eu *sempre* vou ter vontade de pular. Como a grade não abre, eu escalo e entro. Não tem ninguém vendo. A água está transparente. Sem pensar duas vezes, eu dou um mergulho silencioso e começo a nadar *crawl*. Um braço depois do outro, cada vez mais rápido.

A viagem, a minha família, as lembranças que eu não tenho, tudo isso fica para trás quando eu estou aqui. Dentro da água, eu sou a Lola que sempre quis ser. A campeã. Só a campeã. Eu nado cada vez mais rápido, vou e volto muitas vezes. A piscina tem cem metros, e isso não poderia ser melhor. Quando estou quase na minha quinta chegada, vejo um par de botas enlameadas. É um sujeito que parece um pouco o ator do filme *Indiana Jones*, não lembro o nome dele agora. Eu tiro a cabeça da piscina e percebo que ele me olha com cara de poucos amigos.

– O que você está fazendo aqui? Quem foi que te deixou entrar?

Eu alcanço a escada da piscina e saio enquanto respondo:

– Desculpa, eu pensei...

– Pensou? Se você tivesse pensando, não tinha entrado de roupa e sapato. Agora a piscina está suja. E o treino vai começar daqui a pouco.

A piscina ficou realmente um pouco mais suja. Mas eu saio correndo sem olhar para trás. Correndo e rindo. Rindo não, gargalhando. A minha gargalhada alta. O homem fica realmente bravo.

– Você ainda acha isso engraçado, menina?

Eu corro o mais rápido que posso e não consigo parar de rir. Quando já estou na entrada do clube, esbarro em uma pessoa que carrega dois galões de água ao mesmo tempo. Ele derruba um dos galões no chão. É um garoto. Eu tento recobrar o fôlego e já vou me desculpando:

– Eu não tinha te visto.

O menino abaixa para pegar o galão de água e sorri. A partir desse ponto, eu não sei se vou conseguir explicar mais nada. Porque fico com aquela sensação estranha de que o tempo parou para esse cara sorrir.

– Não, tudo bem. Parece que você estava se divertindo – ele diz.

– É.

É só isso que eu consigo responder, enquanto meu cabelo pinga e a minha roupa está encharcada. O fato de eu estar totalmente muda parece não afetar aquele garoto, que olha para mim com a cara mais natural do mundo. Como se eu não fosse uma invasora forasteira desconhecida que suja as piscinas alheias e depois molha o chão dos lugares sem se importar com o trabalho que vai dar para os outros. Ele fala comigo e me olha de um jeito que ninguém nunca tinha me olhado na vida.

– Se divertindo na piscina – ele observa, ainda.

Eu fecho os olhos e finalmente me dou conta que estou em uma das situações mais estranhas que já vivi. Na frente de um menino de cabelos grandes e encaracolados, de olhos doces e que tem um sorriso que faz o tempo parar. Na frente dele, e com a roupa encharcada. Encharcada e transparente. Totalmente transparente. Então, eu saio correndo de novo, como se não tivesse nada mais maduro e decente para fazer naquela situação. Não falo mais com o garoto, passo pelo portão e entro no carro da minha mãe, que estava esperando pacientemente na frente do tal clube. Ela também não fala nada. Acho que, de um jeito ou de outro, se acostumou um pouco com algumas esquisitices minhas. Mas o Raul me olha com a cara mais maldosa do mundo e ri.

– Você fez xixi na piscina, Lola?!

Eu não respondo. Não tenho vontade. Porque não consigo parar de pensar que em menos de cinco minutos queimei completamente o meu filme na cidade. É melhor pedir para a minha mãe dar meia-volta e passar o resto das férias na minha casa mesmo. Com eles. Eu posso até tentar fazer com que a Nisa me deixe treinar enquanto ela está de férias. Acho que é isso. Não. Não é. A verdade é que me importo bem pouco com o que as pessoas de Salto Bonito vão achar da minha invasão ao clube, do mergulho de roupa e tudo e da risada de louca. Eu não conheço ninguém por aqui, só o meu tio. E Marcos Jacaré não é do tipo que julga, logo mais vocês vão entender. A única coisa que eu não consigo parar de pensar de verdade é no sorriso do menino. No garoto que, como meu pai fez um dia, olhou para mim de um jeito que ninguém nunca tinha olhado. O menino que estava no meio do caminho.

Marcos Jacaré

O caminho até a chácara do meu tio é feito em silêncio. Eu olho para as ruas desertas da cidade e, de novo, começo a me arrepender da decisão de passar as férias aqui. O lugar parece estar parado no tempo. Ruas de paralelepípedo completamente vazias, quase fantasmagóricas. E hoje é sábado. De algum jeito, o que eu sinto sobre Salto Bonito agora é similar à sensação que tenho quando vejo *Caverna do Dragão*. Já falei desse desenho animado aqui? Sempre foi um dos meus preferidos da vida. Se eu pudesse escolher uma arma mágica, seria a da Sheila, que tem uma capa de invisibilidade. Nunca passaram o final na TV e dizem que todos aqueles personagens que estão tentando escapar do Reino e voltar para casa, na verdade, estão mortos. Credo.

Sinto um frio estranho na barriga, uma impressão de que eu nunca mais vou conseguir sair desse lugar. Passamos em frente a uma espécie de praça e vejo umas almas vivas no coreto. Na verdade, alguns adolescentes. Eles usam camisas com estampas em xadrez, calças largas, e olham para frente, mesmo sem ter nada de diferente para ver naquela direção. Não parecem amigáveis.

– Olha, Lola. Você já pode fazer alguns amigos nessas férias.

O comentário é da minha mãe, e Raul não deixa barato.

– Claro. Lógico. Fazer amigos é a especialidade dela.

Eu não respondo. Sigo espantada com o olhar fixo daqueles adolescentes grunges e robóticos. Adolescentes, né? Sabem como é. Uma menina que anda como se estivesse flutuando aparece na frente deles e fala alguma coisa. Os adolescentes não respondem. Mas isso não me espanta, eles realmente não parecem amigáveis. O espantoso mesmo é que essa menina, que veste um macacão jeans e tem uma cara muito simpática, é seguida por muitos gatos. Uns quinze, de todos os tipos e tamanhos. Lembra uma espécie de cortejo.

Essa cena estranha me distrai, eu esqueço o incidente com o tal garoto e, quando percebo, já estamos na estrada de terra em frente à chácara.

Entramos na casa, que está vazia e totalmente desarrumada. Nem parece que mora alguém aqui. Mas esse *alguém* é o meu tio, então, dá para entender. Marcos Jacaré, esse é o nome dele mesmo. Ou o apelido... é uma história antiga que rolou no Pantanal e eu não vou saber contar. Ele é dessas pessoas livres, que nunca fincam raízes em lugar nenhum. Não se casou, não liga muito para a família e adora viajar. Dá para entender por que eu gosto tanto desse irmão da minha mãe, né? Acho que a gente se parece. A diferença é que, apesar de eu ser adolescente, consigo ser mais organizada do que ele. O lugar está realmente caótico. Pratos de comida espalhados pela sala. Roupas jogadas em cima do sofá. Tem até um milho cozido meio comido no canto da sala. Minha mãe fica perturbada com o que vê. Eu vou correndo até a cozinha e pego uma vassoura.

— Eu limpo tudo, mãe.

— Eu sei que você limpa. Esse não é o problema. Cadê seu tio? Ele não muda nada. Maaaaaaarcos! Maaaaaaarcos!

Ela e Raul andam pela casa atrás do meu tio enquanto eu começo a tentar dar um jeito naquele lugar. A única coisa que está arrumada na sala é um aparelho 3 em 1 supernovo e cheio de discos do lado. Este 3 em 1 tem vitrola, fita cassete e até CD!

A coleção de discos do Marcos Jacaré é enorme, eu começo a ficar animada. Enquanto vejo um vinil de um tal de Cat Stevens e me divirto com o tanto que ele se parece com meu tio, minha mãe volta.

— Seu tio saiu, claro.

Ela olha para a sala, desolada. Eu deixo os discos e volto a varrer cada vez mais rápido. Raul se instala na rede empoeirada e começa a balançar.

— A gente espera ele voltar. Na verdade, acho que vamos passar a noite aqui. Os ares de Salto Bonito podem fazer bem para o seu irmão.

Eu olho para o meu irmão, que sorri feito uma criança. O sorriso dele até parece sincero. Parece. Isso me arrepia. Raul se anima.

– Passar a noite aqui?! Legal. Eu vou dormir na rede!

Agora estou desnorteada. Eu não vim para esse fim de mundo para ter a companhia deles. Definitivamente, a ideia não era essa. Então, penso em outra solução. Começo a sacudir o tapete velho da sala e bato as almofadas. Uma poeira imensa se espalha pelo lugar.

– Não precisa, mãe. O tio Marcos já deve estar voltando. Eu vou deixar isso limpo em um segundo. Pode ir, vai ficar tarde para vocês pegarem estrada.

Agora a sala está coberta por uma nuvem de poeira horrenda. Eu continuo batendo as almofadas. Minha mãe fala. Não, ela grita.

– Não faz isso, filha!

– O quê?

– A poeira. É um veneno para a asma do Raul!

Claro que meu irmão começa a tossir no exato momento em que a minha mãe acaba de falar. É assim que as coisas funcionam com ele. Meu plano também começa a funcionar. A respiração do Raul fica cada vez mais pesada, sugerindo que um ataque de asma gigantesco está se aproximando. Minha mãe remexe em sua bolsa com impaciência.

– A bombinha. Eu esqueci a bombinha!

Antes que vocês comecem a me achar totalmente insensível e megera, tipo uma menina que só se preocupa com pontas duplas (de verdade, eu não sei o que elas significam), deixa eu me defender. Acho que já disse, mas esses ataques de asma não são reais. Eu tenho certeza. Talvez depois de tanto tempo de fantasia, até o Raul já esteja acreditando neles. Vai saber. Mas logo depois que a minha mãe disse ter esquecido a bombinha, a respiração do meu irmão foi ficando cada vez mais leve. Coincidência? Não, eu não acredito nelas. Ele continua balançando na rede, respira fundo e até sorri.

— Eu tô legal, mãe. Olha, já melhorei. Qualquer coisa a gente acha uma farmácia.

Minha mãe agora está agachada no chão e tem uma expressão confusa. É uma expressão conhecida. Eu varro o chão com rapidez e não desisto do meu plano.

— Será que tem farmácia em uma cidade tão pequena como essa? E se tiver, vai ter bombinha?

Minha mãe se levanta, olha para a sala que ainda está completamente imunda e empoeirada, daí olha para mim.

— Você vai ficar bem mesmo, certeza?

Eu faço que sim com a cabeça. Respondo uma coisa que me parece sincera, embora eu desconfie que seja uma mentira deslavada:

— Eu sempre fico bem.

Se eu tivesse dito: "eu sempre fico bem quando estou sozinha, longe de vocês e embaixo da água", acho que a coisa toda seria mais verdadeira, mas não vejo razão para ser cruel com ela nesse momento. Ou em momento nenhum. Minha mãe é uma pessoa legal, só é confusa. Vítima desse teatro dramático e asmático do meu irmão e de tantas outras lembranças que ela não me emprestou. Histórias que eu não sei. Mas agora não é hora para essas rusgas, porque ela finalmente diz a única coisa que eu queria ouvir nesse momento.

— Então, vamos Raul. Pega a sua mochila.

Meu irmão para a rede com os pés. Eu tento não sorrir. Minha mãe despeja as últimas recomendações.

— Vê se o telefone está funcionando, amanhã eu te ligo. E fala para o seu tio limpar a casa sozinho porque você está de férias, veio pra cá para descansar e não para fazer faxina!

Ela me dá um tapinha nas costas, pega o meu irmão pela mão e vai embora. Assim como eu, a minha mãe não gosta de algodão-doce, não sabe beijar nem abraçar. Acho que aprendi com ela. E nesse caso, infelizmente, fui uma boa aluna. Eu olho para essa casa bagunçada, para esses discos todos e penso que agora é finalmente a hora. A casa é minha!

Mundo selvagem

Ando pela casa coberta de pó como se fosse mesmo minha. Finjo que é. Quinze anos de idade, emancipada e dona de uma chácara. Putz grila, isso não poderia ficar melhor. Mas fica. O telefone toca e, assim que consigo achar o aparelho vermelho embaixo de uma almofada empoeirada, ouço a voz do meu tio.

– Oi, Magrela!

É assim que ele me chama, ignorando todo o peso e massa muscular que a natação me trouxe. Eu gosto. O meu tio sabe abraçar, contar histórias engraçadas e tem o sorriso lindo. Ele é charmoso que nem o Chico Buarque e inventa apelidos divertidos para todo mundo. O meu é Magrela. Eu adoro. Mas adoro ainda mais o que ele me diz na sequência. Até onde eu entendi, Marcos Jacaré está em uma pescaria em algum lugar do Mato Grosso do Sul. A previsão era de que ele voltasse essa semana, mas seus companheiros de viagem decidiram ficar mais tempo por lá e ele foi voto vencido. Meu tio pede desculpas por não estar aqui nas minhas férias e, com medo da reação da minha mãe, diz que a ligação está ruim e pede para que eu a avise. Sim, ele acha que a minha mãe ainda está aqui na chácara. E que eu vou mudar meus planos de férias e voltar com ela pra casa. Eu não desminto. Só fico feliz de ouvir a voz dele, a voz desse tio que sempre me pareceu o cara mais feliz do mundo. Ele fala alguma coisa que eu não entendo.

– O quê, tio? Ah, tá. Tomara que você pesque um peixe bem grande.

Desligo o telefone. Agora sim, tudo faz sentido. Eu não sou mística, lembram? Mas poder passar quase trinta dias longe de casa e em um lugar que vai ser como a minha própria casa é sensacional. Genial! Fenomenal! Vocês entenderam, né? Eu vou dar um jeito de não contar para a minha mãe que estou sozinha aqui. Não, eu não vou mentir. Vou omitir! Por quê? Acho que as razões são óbvias. Quem é que do alto dos seus 15 anos não ia querer fazer isso? Além do mais, desde pequena eu sei me virar. Mesmo. Sou praticamente um forno autolimpante. Não dou trabalho. Sim, tenho uma gargalhada alta, a língua afiada e uma vontade gigantesca de ver uma única foto do meu pai, mas mesmo assim sempre fui supercertinha. Passo de ano na escola, não fumo, não bebo e até hoje não fiquei com ninguém. De verdade, isso não é um problema pra mim. Eu tenho a piscina. E que outra mãe pode contar para a amiga que a filha não faz nada disso que eu falei e ainda é campeã de natação? A minha pode, eu só não sei se ela faz isso. De qualquer jeito, essa vai ser a minha primeira grande omitida na vida.

Se tudo der errado, eu tenho aquela desculpa de sempre. Adolescente, né? Sabem como é.

Eu abro as janelas meio emperradas da casa do meu tio e vejo o céu de Salto Bonito. De repente, toda a estranheza que senti quando cheguei na cidade vai embora. O céu de Salto Bonito é uma coisa fora do comum. Um tapete de estrelas, uma ao lado da outra. Tem gente que olha para o céu e se acha insignificante, pequena demais diante da imensidão do mundo. Olhando agora para todas essas estrelas, sinto o contrário. Eu me sinto gigante.

O vinil do cara cabeludo que parece com o tio Marcos é estranho. Depois de passar alguns minutos tentando entender como funciona o 3 em 1 que ele tem na sala, eu consigo fazer com que o disco toque. As músicas não se parecem em nada com aquelas que escuto lá em casa. É coisa de gente mais velha. Mas combina com Salto Bonito. De repente, começa uma música que me deixa esquisita. Eu não sei muito bem o que a letra quer dizer, mas me parece que é um pai dando conselhos para uma filha. Algo como "o mundo é selvagem e é difícil sobreviver só com um sorriso".

Oh, baby, baby,
it's a wild world,
it's hard to get by
just upon a smile

A música é linda, mas meio triste. Eu tiro o disco da vitrola, achando que tristeza não combina muito com essa minha nova vida, a vida da garota independente que passa as férias sozinha.

A cidade está quieta. Devem ser quase 8 da noite. Eu vou até a cozinha, abro os armários e a geladeira. Claro que meu tio não é do tipo que armazena comida ou que se preocupa com a qualidade do que come. No armário tem algumas embalagens de macarrão instantâneo, salgadinhos, três latas de leite condensado e muitas latinhas de atum. Marcos Jacaré tem alguma relação especial com os peixes, parece. Vou ter de economizar o dinheiro que a minha mãe deu para sorvetes e afins, e usar ele para comprar mais comida. Ótimo. É isso que uma adolescente responsável faz.

Eu deixo a minha mala no quarto maior e mais bagunçado e não a abro. Só tiro o Afonso da mochila. Quem é Afonso? Meu ursinho de pelúcia. Por favor, não me julguem. Eu sei, eu sei, eu sei. Provavelmente não tenho mais idade para isso. Mas sou praticamente uma órfã autolimpante. Não dou trabalho para a minha mãe, apesar de ter certeza de que vou mentir sobre a ausência do meu tio aqui na chácara. Então, qual é o problema de um ursinho? Ele é rosa, um Ursinho Carinhoso, igual ao do desenho animado. Eu gosto de fantasiar que foi presente do meu pai, mas não é verdade. O Afonso foi um presente da Vó Judith, mãe da minha mãe e do tio Marcos. Ela morreu quando eu tinha 6 ou 7 anos. Eu não me lembro muito dela, senão contaria aqui.

Olho de novo pela janela da sala e vejo o céu tapete estrelado. Isso me dá a maior vontade de sair. Com a mochila nas costas, decido explorar o lugar em que vou ficar SOZINHA pelos próximos trinta dias.

A cidade está deserta. Passo pelo coreto que vi quando cheguei, não tem ninguém por lá. Os adolescentes sumiram. Não sei muito bem para onde ir ou o que fazer. Até que vejo um mercado. A placa diz: "SEU FEIJÃO, 24 horas". Como é que uma cidade desse tamanho precisa ter um supermercado com nome de comida que fica aberto a noite inteira? Não faz o menor sentido, mas mesmo assim a placa me deixa feliz.

Eu compro muitos sacos de amendoim, salgadinhos, pão, leite e manteiga. Quando estou chegando no caixa, uma mulher que se veste como se tivesse 80 anos, mas que na verdade deve ter uns 30, fala comigo.

– Lola. É você mesmo, né? Quando me falaram, eu não acreditei. Quantos anos você tem mesmo, menina?

Como é que essa mulher me conhece? Para não ser grossa, eu respondo.

– Quinze.

Ela faz um sinal de desaprovação com a cabeça e começa a tagarelar.

– E como é que seus pais deixaram você passar férias com o descabeçado do seu tio? Aquele lá não sabe cuidar nem dos gatos do sítio. Teve uma vez que ele deixou os coitados sem comer.

A pessoa que trabalha no caixa tenta interromper a conversa.

— Deu trinta e cinco cruzeiros, dona Carlota. É para colocar na conta?

Mas a mulher insiste na história dos gatos do sítio. Desde quando o meu tio tem gatos?

— E os pobres bichinhos ficaram magros e raquíticos e depois correram lá para minha casa. Você não tem medo de ficar naquela chácara? Seu tio sai tanto, ele tá sempre viajando e...

O caixa resolve me ajudar de novo.

— Não tem perigo mesmo, né, dona Carlota? O único roubo que aconteceu aqui foi o da estátua-sapo de jardim do seu Totó, e isso já tem uns seis anos. Vai pagar ou eu anoto na conta?

A mulher bufa, não responde e sai sem nem se despedir. Com isso, acho que ela quis dizer para ele anotar na conta. Eu finalmente vou pagar a minha compra e olho para o caixa, pensando em agradecer a generosidade e o bom senso que ele teve em me salvar daquela conversa. Mas quem é o caixa? Ele. Ele mesmo. O menino que tem o sorriso que faz o tempo parar. O cara que estava no meio do caminho e me viu de roupa molhada e tudo. De roupa transparente. E, então, o que eu faço? Eu que sou a pessoa mais madura e comportada do mundo, um forno autolimpante e que daria orgulho em qualquer mãe de adolescente? Instintivamente, eu pego um saco de amendoim, deixo o resto das compras em cima do balcão e saio... correndo. Eu saio correndo de novo.

Zoraide e os gatos

O coreto da cidade me pareceu um abrigo interessante. Na verdade, o único que encontrei. Eu fico sentada na escada, pensando no estranho efeito que esse garoto tem sobre mim. Acho que o que sinto é vergonha. Vergonha de ele ter me visto daquele jeito, toda encharcada. Ou vergonha de ter saído correndo da primeira vez, por isso eu corri do supermercado na segunda vez. Enquanto a minha cabeça gira e eu não chego a conclusão nenhuma, ele aparece de novo. Na rua principal, em cima de uma mobilete – que é uma bicicleta, só que com motor – carregada com sacolas de fruta. Eu dou um jeito de me esconder, apesar do coreto ser totalmente aberto. Quando a mobilete vira a esquina, eu me levanto e aperto o passo. Não vou conseguir trocar mais palavras com esse menino hoje à noite. Meu estoque de reações malucas já esgotou.

Entro em uma estrada de terra que parece ser a da chácara. Ando meio rápido, quero chegar logo em casa e comer o pacote de amendoim. Comer amendoim e pensar em coisas inteligentes que eu poderia ter dito para o garoto em vez de fugir. A estrada de terra vai ficando estranha, diferente do caminho que eu fiz na vinda. Me dá um certo medo, mas eu sigo em frente. Para me acalmar, eu faço o que sempre faço quando começo a sentir alguma coisa estranha. Pego meu *walkman* na mochila e ouço a voz do meu pai.

"Fecha os olhos para sonhar, perde o medo do escuro."
"De novo, pai!"
"O de novo já foi."
"De novo!"
"Não. Agora a Bolota vai aprender uma palavra nova. A palavra mais bonita do mundo... BUNDA!"
"Buda."
"BUNDA. Com vontade, Bolota. Tem que sair redondo, porque BUNDA é uma palavra redonda. BUN-DA."
"Bunda. Buda. BUUUNNNNDAAA!"

Essa conversa estranha também está na fita. Meu pai me ensinando palavras importantes. Me chamando de Lolota Bolota. Eu adoro ouvir a minha voz de bebê tentando falar a palavra mais redonda do mundo. Enquanto me divirto com essa ideia e ando cada vez mais rápido, alguém coloca as mãos no meu ombro. Estremeço. Dou um pulo. Derrubo minha mochila no chão.

— Desculpa, eu não queria te assustar, Lola. É que a chácara do seu tio fica para o outro lado. Aqui é a estrada da pedreira.

Nessa altura do campeonato, eu já estou completamente acostumada com a ideia de que toda a população da cidade sabe o meu nome e a árvore genealógica da minha família inteira. Quem está do meu lado é a menina dos gatos. Ela tem o cabelo cheio de tranças e os olhos grandes, superexpressivos. Tem alguma coisa de confortável nos olhos dessa menina. Eu pego a mochila do chão meio rápido e respondo para ela:

— Tudo bem. É a minha primeira noite aqui, eu não sei direito o caminho.

A menina dá meia-volta e começa a andar para o lado oposto.

— A chácara do Marcos Jacaré é para lá. Seu tio é um barato. Vem, eu ando com você.

Eu fico um pouco sem graça com a oferta, como se eu não fosse capaz de encontrar os meus próprios caminhos. Sorrio do jeito mais natural possível e tento não parecer indelicada.

— Não precisa. Eu me viro.

— Precisa, sim. Eu adoro andar. E você, o que gosta de fazer?

— Eu gosto de nadar.

Ela fica pensativa. Agora estamos andando em silêncio como se fôssemos velhas amigas. Os gatos estão atrás da gente. Eu finjo que é a coisa mais normal do mundo ser seguida por um bando de animais. Faço isso todos os dias lá na cidade grande. A minha nova amiga cheia de tranças, imperadora dos gatos e senhora das estradas de terra, faz uma expressão de felicidade total para me dar uma notícia ainda mais feliz.

– Tem um time de natação lá na Piscina Municipal. Elas nunca ganharam nada, mas a cidade inteira torce muito. A natação é levada muito a sério aqui em Salto Bonito. Vai lá, quem sabe o Érico não deixa você treinar com as meninas?

– Érico é o treinador? É, boa ideia. Pode ser.

Agora estamos andando cada vez mais rápido e acho que no caminho certo. Por alguns segundos, rola outro silêncio entre a gente. Eu não acho estranho, mas a verdade é que nunca tive muita facilidade para fazer amigos. Não me incomodo com o silêncio. Mas com essa menina as coisas são diferentes. É fácil ficar ao lado dela. É fácil falar com ela. Então, eu digo:

– Hoje é sábado, quase dez da noite. O que o pessoal costuma fazer por aqui?

– Eles vão lá para o Disco Porto tentar ver ET.

Eu processo a informação. ET? *Extraterrestre*? Será que ela tá falando sério? A verdade é que nada mais me parece tão estranho por aqui. Tento não rir.

– E por que você não tá lá com eles?

– Eu prefiro ficar com os meus amigos.

– Aquele pessoal que fica no coreto?

– Não. Os meus amigos de verdade. Eles.

Ela aponta para os gatos. Todos parecem olhar para ela, concordar e sorrir. O que é estranho, porque gatos são conhecidos por não terem expressões faciais. Eles são fofos. Nós continuamos andando em silêncio. De repente, estamos no portão da chácara. Eu, ela e os gatos. Ela sorri.

– Prontinho. Manda um beijo pro seu tio. Sabia que ele era o único que comprava os meus geladinhos quando eu era criança?

Isso é a cara do Marcos Jacaré. Eu penso em dar um beijo na bochecha da minha nova amiga, porque sei que é isso que os amigos fazem, mas ela já está indo embora. Ela e os gatos. Tento me despedir e agradecer do melhor jeito que consigo.

– Obrigada pela companhia. E como você se chama?

Ela grita, já bem longe da porteira azul da chácara:

– Patrícia! Mas pode me chamar de Zoraide!

Inacreditável. O tanto de coisas curiosas que podem acontecer em uma cidade em que, aparentemente, não acontece nada. Eu fico na porteira vendo a Zoraide se afastar, muito bem acompanhada por todos seus amigos gatos, e me sinto leve. Leveza. Será que essa é a grande diferença entre uma cidade pesada gigantesca como a minha e uma cidade minúscula como Salto Bonito?

Entro em casa e vou direto para o quarto. Deixo a janela aberta porque quero jantar meus amendoins vendo o céu tapete estrelado. Faço uma das melhores refeições da minha vida. Meio pacote de amendoim. Vou para a cama, mas não consigo dormir.

Penso na viagem, na desculpa que vou inventar para a minha mãe no dia seguinte, na Piscina Municipal e na menina dos gatos. Mas não para por aí. É, quem eu estou tentando enganar? Eu não consigo parar de pensar no menino da piscina. O menino que estava no meio do caminho. Isso me deixa aflita, porque eu nunca pensei assim em ninguém. Não desse jeito. Um barulho de bambus rangendo na parte de trás da chácara deixa a situação ainda mais aflitiva. Não, eu não sou de me impressionar com essas coisas. Mas a mistura da sensação de não parar de lembrar desse cara que eu acabei de conhecer com o som desses bambus é explosiva. Sim, a minha cabeça parece que vai explodir. Eu levanto da cama, abro a mochila e tento achar o *walkman* para ouvir a voz do meu pai. Ela sempre me acalma. Mas o *walkman* não está aqui. Não pode ser. Em desespero, jogo tudo no chão. Moedas, papéis inúteis, uma agenda que eu tentei fazer e nunca consegui. Tudo isso cai da mochila, mas o *walkman* com a fita e a voz do meu pai, não. Não pode ser.

Pai, cadê você?

Um convite para ver ETs

Estou sentada no chão do quarto do meu tio já faz um tempo. Não sei quanto tempo. A sensação é de pânico total. Sozinha, com bambus rangendo lá fora e sem a voz do meu pai. Sim, isso tudo foi escolha minha. Quase tudo. Eu não perdi a fita de propósito. Não, eu não estou chorando. Essa é outra coisa que ainda não contei para vocês. Eu não choro. Estranho? Muito, eu sei. Especialmente se levarem em conta a minha idade. Adolescentes fazem drama. Gritam. Esperneiam. Eu não. A verdade é que devo ter esgotado todas as minhas lágrimas no dia 2 de setembro de mil novecentos e setenta e nove. Ou em algum momento logo depois disso. Se eu não sinto as coisas? Claro que sinto. Mas toda vez que a garganta dói ou a tristeza aperta, eu ouço a voz do meu pai. Ou ouvia. Porque agora a fita não está mais aqui. Eu tento abraçar o Afonso, coloco meu pijama, olho para o céu tapete de estrelas e nada adianta. Eu me rendo. Faz algum tempo que estou no chão do quarto, sentindo pena de mim mesma, como dizem que todos os adolescentes sentem, quando escuto um barulho na porta da sala.

São batidas. Fico com medo. As batidas insistem. Eu vou até lá, sem muita certeza de estar fazendo a coisa certa. Abro a porta. Quem é? Eu não preciso dizer, preciso? E o que ELE tem nas mãos? Adivinharam? Sim. O menino. O menino do sorriso lindo que faz o mundo parar está diante da porta com meu *walkman* nas mãos. Eu sei, eu sei, isso é coincidência demais e eu não acredito em coincidências. Isso é muito óbvio, parece final feliz de filme da Sessão da Tarde. Mas o que ele está fazendo aqui a essa hora da noite? Na hora exata em que sinto que o mundo vai desabar ou que vou finalmente chorar, ele olha para mim com a maior naturalidade do mundo.

– Oi. Eu vim trazer isso, encontrei lá perto da pedreira. É seu, não é?

Escancaro um sorriso e saio de pijama e tudo. O que é um pijama de bolinhas envelhecido para quem já me viu com a roupa totalmente transparente? Nada. Só um pijama. Ele me entrega o *walkman*.

– Nossa. Eu não tenho como te agradecer. Você me salvou. Muito.

Ridículo, Lola. Você não precisa ser salva. Não acredita nessa bobagem de príncipes encantados, lembra? Eu lembro. Então, completo a frase, antes que ele me responda.

– Quer dizer, obrigada. Como você sabia que era meu?

– Tem seu nome na fita.

– Você ouviu a fita?

Ele acha estranho, faz que não com a cabeça. Eu fico sem graça por conta da pergunta estúpida que fiz, entro e vou fechando a porta. O menino corre até a mobilete e pega as compras que eu tinha deixado no balcão do lugar onde ele trabalha. Três sacolas de plástico, com algumas bobagens que qualquer mãe de adolescente desaprovaria. Salgadinhos. Mais amendoim. Quik de morango, meu sabor preferido.

— Eu queria te dar as comidas também, senão você ia passar fome. O Seu Feijão é o único mercadinho da cidade, sabia?

Que coisa mais linda. Eu entro para pegar 150 cruzeiros e, em seguida, entrego para ele.

— Sabia. Não sabia. Imaginei. Toma, o dinheiro das compras. Fica com o troco.

Ele olha para o dinheiro meio sem saber o que fazer.

— Obrigado. Mas eu já paguei o mercado. Então, vou usar essa grana para comprar um sorvete para você um dia desses.

Com essas palavras, ele me deixa mais sem graça. Então, vou fechando a porta.

— Desculpa. Quer dizer, obrigada. Pela terceira ou quarta vez. Pela comida. Pela fita. Essa fita é MUITO importante para mim. Muito. Valeu mesmo. Até já, já.

Até já, já? Quem fala isso, né? Aparentemente, eu. Mas o menino não perde a linha. Ele não se importa muito com as minhas frases bobas e sem sentido. E, pelo jeito, não quer se despedir de mim.

— Espera. Hoje é sábado. Não quer ir no Disco Porto comigo? Eu só preciso consertar um chuveiro na casa do seu Feijão e...

– Você é caixa de supermercado, eletricista e o que mais?

– Eu sou caixa, eletricista, estudante, perueiro, marceneiro e, como a dona Carlota diz, um bom menino! As pessoas aqui me chamam de Faz-Tudo. Vamos lá no Disco Porto? Um lugar em que talvez...

Um convite para ver ETs. Que romântico! Eu respondo rápido:

– Eu sei. Disco voador, né? ET. Hoje não, valeu.

Porque eu não topei? Depois eu explico. Se é que isso tem explicação. O menino insiste.

– Outro dia?

– Dá para ver ET de dia?

– Outra noite?

– Outra noite? Tá, vou pensar. Mas antes eu preciso saber seu nome.

Agora, é preciso fazer uma pausa e dar algumas explicações. Relaxem, o menino vai ficar parado na porta da chácara, essa conversa ainda não terminou. A primeira coisa que preciso dizer é que não topei o convite para o Disco Porto porque esse cara me dá medo. Ou melhor, eu tenho medo do que sinto quando estou perto dele, como agora. Nunca experimentei nada parecido. Por isso, se em algum momento dessa história vocês acharem que eu sou muito ingênua e romântica e boba e que estou fantasiando demais, saibam que eu nunca tinha sequer cogitado sentir alguma coisa por meninos. Por meninas também não. Voltando ao ponto, eu não sinto. Ou não sentia. Sei lá, devo ser como um forno autolimpante entupido. Mesmo sendo tão nova. Mas é fato que esse menino mexe muito comigo. Eu não saberia como me comportar. Essa é a explicação número um para eu não ter aceitado o convite. A segunda explicação, que me parece ainda mais bizarra e menos óbvia, vem agora: eu acabei de decidir que vou mentir o nome dele. Não importa o que ele me responda, eu não quero contar. Questão de privacidade? Talvez. Eu acabei de ler *1984*, um livro chocante que me deixou muito impressionada. Sim, a segunda coisa que eu mais gosto de fazer depois de nadar é ler. Não precisa de mais ninguém pra isso, sou eu e a história. Nesse livro, as pessoas vivem em um mundo totalitário dominado pela vigilância tecnológica. Ninguém mais tem segredo. Ninguém mais tem privacidade. Deu muito medo do futuro. Sei lá se eu quero viver nos anos 2020 e ver os carros voando tipo *Blade Runner*. Então, eu resolvi que o nome desse menino vai ficar guardado comigo. Só o nome. Eu vou inventar um apelido. E o resto da história, se é que alguma história vai acontecer, vocês vão saber. A conversa na porta da chácara continua. E o apelido dele, eu inventei. Por favor, não fiquem chocados nem me achem ingênua romântica boba. Eu sei que sou um forno autolimpante entupido, mas a verdade é que estou ansiosa por ter mais alguma coisa para contar. Alguma coisa além da piscina. Sim, eu sei. A piscina me basta. Mas aí esse menino apareceu. Bem, voltemos à conversa.

— Outra noite? Tá, vou pensar. Mas antes eu preciso saber seu nome.

— Finalmente você perguntou. Prazer, Amor.

— Amor? Você chama de "amor" toda menina que acabou de conhecer?

— Não, as garotas é que me chamam de Amor.

— Ãhn?

— Amor. Amor é o meu nome mesmo, de verdade. Não vale rir.

Nós morremos de rir. Juntos. Claro que esse diálogo eu inventei. Eu sou a heroína da minha própria história. Eu quero suspirar no final. Eu não sentia nada até agora. Eu não preciso ser salva. Mas decidi que o nome dele é Amor.

Linda

Não dormi muito bem a noite passada e acho que nem preciso dizer a razão. Foi muita coisa nova em um único dia. O menino foi embora logo depois de me contar seu nome, seu verdadeiro nome. Eu fiquei revirando de um lado para o outro na cama. Acordo agora com o telefonema da minha mãe perguntando se estou bem e querendo falar com o meu tio. Mentir para ela foi mais fácil do que eu imaginava. Eu disse que ele tinha saído para comprar pão. Não tenho ideia do que vou falar no próximo telefonema. E acho que o Marcos Jacaré nem é do tipo de pessoa que toma café da manhã. Para não pensar nisso nem no menino que não sai da minha cabeça, vou até a Piscina Municipal. Quem sabe a Zoraide estava certa e o técnico me deixa treinar com o time da cidade? Eu nunca treinei em outra piscina a não ser a do meu clube.

A piscina está vazia. Tem só uma menina loira que nada borboleta. Ela nada super bem. Eu fico vendo e morrendo de inveja. Não vou explicar a razão disso, estou mesmo preocupada com a minha privacidade. Quando encosto na grade para assistir, ela percebe. Sai da água. É um pouco mais baixa que eu e tem os braços fortes. Superfortes. O maiô dela é muito mais cavado do que o meu. O que me causa um certo estranhamento, porque sempre achei que as meninas do interior fossem mais caretas. Ou que as mães das meninas que vivem em cidades pequenas fossem mais conservadoras, daquelas que não deixam as filhas usarem saias curtas ou maiôs muito cavados. Eu estava errada de novo. Essa cidade não para de me surpreender. A menina está na minha frente. O cabelo dela é curto e moderno, parece o da Paula Toller, vocalista daquela banda Kid Abelha. Me sinto intimidada, mas resolvo falar.

— Você sabe onde está o treinador?

— O Érico?

Eu faço que sim com a cabeça.

— Não sei. Fala para mim, eu dou o recado.

— É que eu vou passar um tempo aqui. Eu também nado. Então...

A menina fica me olhando sem muita paciência. Eu me apresso em completar a frase:

— Eu também nado. Então, pensei que poderia treinar com o time de vocês.

Ela não me responde. Eu insisto.

— Eu sou a Lola. Sobrinha do Marcos Jacaré. Eu acabei de chegar e...

Ela me interrompe:

– Já sei. A menina que nada de roupa e tudo. Super rápida. É verdade que você tem várias medalhas?

Eu faço que sim com a cabeça, orgulhosa das minhas conquistas na piscina. Começo a me lembrar de alguns campeonatos, especialmente o primeiro. Eu devia ter uns 9 ou 10 anos. Droga. Eu não sou muito boa com as lembranças. A menina me interrompe de novo.

– Prazer. Meu nome é Linda.

Jura? Achei que o nome dela fosse Feia. Ou Horrorosa. Eu prometo que esse eu não inventei. Quase não sei o que responder depois que uma menina como essa, que parece uma modelo da capa da *Capricho*, nada borboleta super bem e tem o cabelo moderno, me diz que se chama Linda. O que você responderia? Ela me olha e faz cara de quem não quer mais perder tempo comigo.

– Sabe o que é, Lola? A piscina já está cheia em todos os horários, os treinos ficam lotados. Não cabe mais ninguém.

Eu olho para a piscina vazia. Totalmente vazia.

– É? Tá legal. Valeu!

Ando em direção ao portão do clube, mas sinto uma raiva descomunal. Quem é essa menina para decidir se eu posso ou não treinar com eles? Então, resolvo voltar e tirar satisfações.

– Mas como você sabe que os horários estão cheios? Não tem ninguém nadando agora.

Ela ri. Tem os dentes mais brancos do universo. Os dentistas de Salto Bonito devem ser os melhores do mundo.

– Eu sei tudo sobre essa piscina. Eu sou filha do Érico. Não tenho muito o que dizer depois disso, claro.

– Legal. Desencana, então. Tchau.

Passo de novo pela grade do clube e a menina mergulha. Agora ela nada *crawl*. Nada muito bem, por sinal. Mas não melhor do que eu. Quando estou quase saindo, Linda acelera na piscina e o pai dela chega. Sem saber muito bem por que faço isso, me escondo atrás da grade. Ele não me vê. O treinador tem uma cara brava e em nada se parece com a filha. A mãe dela deve ser do tipo *miss* qualquer coisa.

Ele olha a menina nadar e dá algumas instruções.

– Você está batendo pouco a perna. Amanhã eu te mando para a prancha.

Linda não responde. Quando ela chega na borda, o pai pergunta de novo.

– Quem era que estava aqui com você?

Ela responde de imediato.

– Comigo? Ninguém. Viajou na maionese, pai. Eu estava sozinha

Me dá vontade de levantar de onde estou e falar umas verdades pra essa menina. Como assim, *ninguém*? Eu sei bater perna no nado *crawl*. Eu tenho muito mais medalhas do que ela, se é que ela tem alguma. A Zoraide falou que o time nunca ganhou nada. Mas eu continuo escondida até que eles entrem no vestiário. Demora. Ninguém? Como assim? Ou melhor, como é que uma menina como ela, que parece musa atriz da novela Top Model, pode se sentir insegura ou ameaçada por alguém como eu? Será que é por causa das minhas medalhas? É lógico que todas as pessoas dessa cidade já estavam me parecendo boazinhas demais. Tipo os tais finais felizes dos filmes que eu não gosto. Mas a real é que Salto Bonito não é um lugar tão fantástico assim. E mesmo se fosse, ia fazer sentido. Porque toda história que se preze tem que ter uma vilã. Uma vilã linda, que sabe que é Linda porque esse é mesmo o nome dela.

A tragédia do Érico

Aquela impressão que muitas pessoas têm de que o tempo passa mais devagar em cidades pequenas não faz sentido para mim agora. Em Salto Bonito, o tempo voa. Já tem três dias que estou aqui. Não tentei mais entrar para o time de natação e desencanei completamente de pensar na estupidez daquela menina, a Linda. Já o Amor, esse está mais difícil de esquecer. Só conferindo: vocês sabem que o nome dele não é esse, certo? É que eu estou cada vez mais gostando de ser uma menina romântica exagerada, tipo mocinha de livro antigo e cheia de segredos. E também de ser uma novidade. Sim, porque aqui nessa cidade em que muita coisa acontece, apesar do tamanho dela, eu sou uma novidade. A recém-chegada. Sobrinha de um dos moradores mais simpáticos e felizes de toda a redondeza. Se é que existe alguém triste por aqui. Talvez, a Linda. Mas eu duvido. Ela sabe nadar borboleta e acho que parece mais com uma Winona Ryder naquele filme *Edward Mãos de Tesoura* – mas com o cabelo curto – do que com a Paula Toller. Quem é que pode ser infeliz assim?

Amor desistiu de me convidar para qualquer coisa e eu fiquei meio decepcionada com isso. Fui até o mercadinho algumas vezes, comprei mais dois pacotes de amendoim e nada de ele falar direito comigo ou fazer qualquer convite. Na verdade, foi um encontro bem burocrático: amendoim, troco, boa-noite e até já. Será que é isso que chamam de "fazer joguinho"?

Ontem o telefone aqui da chácara tocou e meu coração quase saiu pela boca. Eu nunca havia entendido o significado dessa expressão, nem nos treinos de natação, quando dou os tiros mais fortes que consigo. Ontem eu entendi. O barulho do telefone fez com que eu tivesse que praticamente segurar o meu coração dentro do peito, se é que existe um jeito de fazer isso. Eu tinha certeza de que era o Amor. Como ele sabia o telefone da casa do meu tio? Sei lá, todo mundo sabe tudo nessa cidade. Eu deixei o telefone tocar por quase um minuto, para fazer um charme. Atendi com a certeza de que receberia mais um convite para sair e teria que negar. Mas não era ele. Era a minha mãe. Eu não tinha me preparado para falar com ela nem pensado no que iria dizer quando pedisse para falar com o meu tio. Mas ela não pediu. Porque ligou para me contar que tinha descoberto um tratamento novo para a asma do meu irmão. Um velho curandeiro que fazia algum tipo de terapia, e ela só tinha que doar algum dinheiro para uma instituição que ele apoiava. A minha mãe não perguntou pelo meu tio, ela estava muito entusiasmada. Falou por quase vinte minutos e sempre sobre a mesma coisa. O assunto preferido, pra não dizer o único que ela tem: a asma do Raul. Dessa vez não me incomodei. A verdade é que fiquei até aliviada. Eu não tive que mentir de novo.

O meu coração disparou mais uma vez quando alguém bateu na porta, alguns minutos depois que eu desliguei o telefone. Eu tive certeza de que era o Amor. Só podia ser. Estou gostando muito mesmo desse apelido que inventei. Como é que alguém que passou a vida inteira embaixo da água pode falar de amor assim, do nada? Não sei, mas olha como fica bonita essa cena: eu estava lá, esparramada no sofá e quase comendo o meu quarto pão com manteiga do dia quando o Amor bateu em minha porta. O Amor bateu em minha porta (!). Não fica chocante? Só que não era ele. Era a Zoraide, dessa vez sem os gatos. Ela me convidou para andar.

Não era um andar assim de fazer exercício, era andar por andar. Também não era um andar assim para chegar em algum lugar. Era só mesmo um andar. Nós andamos e falamos por mais de três horas. Eu nunca tinha falado com ninguém por mais de três horas. Ela me contou sobre a menina da cidade vizinha por quem é apaixonada e também histórias incríveis que aconteceram em Salto Bonito. Eu quase contei para ela sobre as lembranças que não tenho, a fita, a voz do meu pai, a asma do Raul. Mas eu estava começando a falar quando a história foi parar em outro lugar. Num lugar bem conhecido para mim, a piscina. Ela quis saber tudo. E depois insistiu para que eu voltasse a tentar nadar na Piscina Municipal. Aliás, a Piscina Municipal tem uma história interessante.

Érico, o treinador bravo e carrancudo que também é pai da menina que eu acho que é vilã, foi um grande campeão de natação. Na década de 1960, enquanto o mundo todo estava preocupado com a guerra do Vietnã e os primeiros *hippies* apareciam, o pessoal aqui em Salto Bonito estava aprendendo a gostar do esporte mais completo do mundo: a natação, é claro. O Érico, que era um excelente nadador, fez com que todos virassem fãs do esporte. De um dia para o outro, ninguém mais queria saber de futebol, bocha ou qualquer outra coisa. A natação virou o esporte oficial da cidade. Com tanto incentivo e torcida assim, o time foi para a final dos Jogos Regionais. E a final foi um evento que mobilizou toda a região. Era o dia mais importante de todos para a pequena Salto Bonito. Érico, o grande campeão e responsável por ter levado o time tão longe, estava em plena forma. A festa no coreto já tinha sido montada no dia anterior. Os habitantes de Salto Bonito compraram roupas novas para o grande acontecimento. Só que uma tragédia aconteceu. Uma tragédia que marcaria para sempre a vida da cidade. E também as vidas do Érico, da Linda, da Zoraide, da Luzia e do Ernesto. Quem são esses dois últimos? Eu chego lá.

O Érico era namorado da Luzia, que, segundo a Zoraide me contou, era uma das meninas mais inteligentes e admiradas da cidade. No dia da final do campeonato, pouco tempo antes do apito soar, ele resolveu fazer uma surpresa para a moça e a pediu em casamento. Ali, de sunga, touca, óculos na testa, ajoelhado e tudo, na frente da cidade inteira. Mas o que parecia ser o dia mais perfeito da vida daquele campeão se transformou em uma tragédia de erros que dura até hoje. A Luzia não pensava em casamento naquela época. Ela queria fazer carreira política, estudava Sociologia na cidade vizinha e nutria uma paixão platônica pelo Che Guevara. Se vocês não sabem de quem estou falando, é bom correr para pesquisar. Todo mundo, especialmente os adolescentes, têm que saber quem é o Che Guevara. Dizem até que a Luzia teve um caso com ele, quando o moço veio ao Brasil. Mas voltemos ao dia da tragédia.

Apaixonada pelo Che Guevara ou não, é fato que ela não queria casar. Então, recusou o pedido e disse um sonoro *não* ao Érico. O coitado estava ali ajoelhado, de sunga e tudo, na frente da cidade inteira. O que aconteceu depois? O time de Salto Bonito perdeu os Jogos Regionais, é claro. O Érico nadou chorando e deixou o time da cidade em último lugar na categoria *medley*, que é a junção dos quatro estilos de nado e termina com o nado borboleta. Desde então, é o sonho dele reviver aquele dia. Mas não o dia inteiro. Ele quer mudar o final da história. Ganhar o campeonato. Todos os amigos do Érico saíram da cidade, foram estudar e fazer a vida fora. Mas ele ficou aqui, com um único propósito: a medalha de ouro nos Regionais.

Como ele ficou mais velho e parou de competir, deixou essa responsabilidade para sua filha única, que nada desde os 6 meses de idade. Ela mesma: a Linda. Será que, como eu, a Linda também pulou na piscina bem cedo? Tipo, aos 4 meses?! Bom, segundo a minha amiga Zoraide, por mais que a Linda seja uma ótima nadadora, o time nunca chegou perto de ganhar nem uma prova. E o sonho do Érico, agora treinador, nunca esteve tão longe. Ufa. Que história triste. Mas ainda não acabou. Luzia, a moça que queria ser política, agora é a prefeita de Salto Bonito. Prefeita e mãe da Zoraide! Parece que a Luzia é muito amada por aqui. Está no segundo mandato e só faz coisas boas pela cidade. Casou muito mais tarde, e com um sujeito chamado Ernesto. Não, não o Ernesto Che Guevara. Se vocês foram pesquisar, já entenderam que o Che morreu. O Ernesto, marido da Luzia e pai da Zoraide, é o Ernesto Piva, primeiro-damo e fabricante de chapéu-coco. Desculpem, eu não sei como devo chamar o cara que é marido da prefeita, por isso improvisei um "primeiro-damo" aqui. Mas vou perguntar para a minha amiga, quando sair para andar com ela de novo.

Agora estou novamente esparramada no sofá e escuto um barulho. Tem alguém batendo na porta. Mas eu não estou esperando ninguém. Será?!

O galo desorientado

Hoje é a Festa do Galo Desorientado. Não me perguntem que festa é essa, eu começo a rir e não consigo contar. A Festa do Galo Desorientado!

A batida na porta de ontem não era quem vocês estavam esperando. Não era quem eu imaginava, embora a minha meta fosse dizer *não*. Sempre *não*. Era a Zoraide. Eu tinha esquecido: a gente combinou de fazer brigadeiro de panela quando saímos para andar no dia anterior. Eu fiz, ficou meio cheio de bolinha e queimado no fundo, mas a Zoraide não se importou. Ela veio com os gatos.

Nós comemos brigadeiro em cima da porteira azul da chácara, e os gatos ficaram rodando pelo gramado, até que sumiram. A gente ficou olhando o céu, sem muita coisa para falar. Acho que conversamos demais naquela nossa caminhada. Quando o brigadeiro acabou, assistimos a novela Top Model e combinamos de vir à festa em que estou agora. Sim, eu vejo novela. Outro segredo revelado. Mas a Zoraide não veio pra festa: um dos gatos ficou doente. Ela me ligou para avisar e o meu coração disparou na hora em que o telefone tocou. Agora meu coração sempre dispara. Neste momento, estou aqui sozinha.

O galo desorientado foi um animal que viveu há uns anos nessa cidade. Ele cacarejava sempre na hora errada, por volta das 9 ou 10 da manhã. Com isso, os habitantes de Salto Bonito começaram a acordar muito tarde e viviam atrasados para tudo. Se não existia despertador na cidade no meio dos anos 1980? Por favor, não me façam perguntas difíceis. Eu mesma já me cansei de tentar entender a lógica de como algumas coisas funcionam por aqui. O galo, que não tinha nome e era mesmo conhecido como galo desorientado, morreu. E a cidade agora comemora o dia da morte dele com uma festa.

Estou no meio da quarta Festa do Galo Desorientado, um tipo de quermesse, com barracas de comidas, músicos e até um bêbado da cidade... quando vejo o Amor se aproximar. Essa cena é boa também. "Quando eu vejo o Amor se aproximar" (!). Bom, eu vejo o Amor se aproximar. Só que ele está vindo em direção aos adolescentes grunges coloridos que conversam em uma rodinha ao meu lado. Passa por mim, dá um "oi", abre aquele sorriso bonito e não diz mais nada. Acho que esse cara ficou realmente bolado de eu não ter ido ver ETs com ele naquele outro dia. Ou só estava querendo ser amigo e eu entendi tudo errado. Vai saber. Ele parece se dar bem com todos os adolescentes da cidade.

Olho para o outro lado: um cara de bandana na cabeça, do tipo que se acha o Axl Rose, vem na minha direção.

– Fala, gatinha da cidade grande!

O menino anda de um jeito molengo e faz bolas de chiclete com a boca.

– O que você tá fazendo aí sozinha, Lolinha?

Pronto, era só o que me faltava. Mais um habitante de Salto Bonito que sabe a minha ficha toda e, apesar de nunca ter me visto na vida, usa o meu nome no diminutivo. Que preguiça. Não respondo.

– Não quer tomar alguma coisa comigo? — ele diz, enquanto chega mais perto e vai pondo a mão na minha cintura daquele jeito que só os garotos folgados e sem noção fazem. Eu tiro a mão dele de mim e dou uma resposta curta e grossa.

– Não!

Depois saio de perto desse menino, encosto na rodinha dos adolescentes grunges e faço o que já devia ter feito uns dias atrás.

– Oi, Amor. Eu topo.

– Você topa o quê?

Os adolescentes me encaram e eu quase não me reconheço. Preciso ser rápida, antes que eu perca a coragem. Então, eu falo o mais depressa que posso.

– O convite que você me fez outra noite. Pra ver ET. Eu topo.

O sorriso dele me deixa sem palavras. Certeza que é um sim.

– Legal. Na sexta à noite eu passo na chácara.

Eu não consigo falar mais nada. Estou morrendo de vergonha da galera na rodinha. Dou um sorriso amarelo, concordo com a cabeça e saio.

No caminho, vejo o menino da bandana encostado no seu escort XR3 vermelho, o carro que é tipo o sonho de todo *boy* como ele. Ele ouve uma música insuportavelmente alta e beija uma menina que, nos intervalos dos beijos, também faz bolas de chiclete com a boca.

A música fala de um garoto que amava Beatles e Rolling Stones, e foi pra guerra do Vietnã. Eu gosto de Engenheiros do Hawaii, a banda que está tocando essa música. Mas não vou desviar do assunto. A única coisa que penso é que foi assim, no impulso e por causa de uma atitude idiota do menino da bandana, que eu acabei marcando o primeiro encontro da minha vida. O primeiro encontro da minha vida com um cara que vocês não sabem o nome. O primeiro encontro da minha vida, marcado no meio da Festa do Galo Desorientado.

Disco Porto

O que aconteceu depois da minha atitude impulsiva na festa do Galo Desorientado, ou do fato de eu ter aceitado um convite que já tinha negado, não importa. Ou eu consigo descrever numa pequena frase. Nada aconteceu. O tempo desacelerou. Eu mal vi ou ouvi mais nada na minha frente até as 8 da noite de hoje, quando o Amor chegou pontualmente e estacionou a mobilete na porteira da chácara. Eu não estou vestindo nada de diferente ou original, só um moletom velho e surrado com camiseta. Não queria que ele se sentisse tão importante assim.

No caminho até aqui, o tal Disco Porto, eu vim na garupa da mobilete. Mas sentei bem longe dele e segurei na parte de trás, sem abraço. Porque, se eu me apoiasse nele, o menino poderia sentir o meu coração disparado. Eu não queria ter que explicar isso. Agora estamos aqui. O Disco Porto é um descampado e tem uma vista linda para o céu tapete estrelado. Mas claro que não tem ET. Ele trouxe um cobertor velho e umas latas de refrigerante. A conversa que a gente tem agora é sobre o meu tio.

— Acho que é no Mato Grosso. Uma pescaria, parece.

— Pescaria? Eita, Marcos Jacaré. E os seus pais deixam você ficar aqui sozinha numa boa?

— A minha mãe. Só a minha mãe. Ela não sabe, eu não contei que meu tio não está aqui. Ela tem coisas mais importantes para pensar.

Ele me oferece um guaraná.

— Não, valeu. Eu não bebo refrigerante.

Ficamos em silêncio. O silêncio agora pesa. Eu não sei o que dizer. Na dúvida, tento fugir.

— Acho que é legal a gente ir.

— Pera. Você ainda nem me contou nada.

— O que você quer saber?

— Sei lá. Tudo.

— Tudo é muita coisa, né?

Ele se levanta. Abre aquele sorriso que eu já cansei de descrever.

— Então me conta por que a tal fita que eu achei é tão importante para você.

Eu também me levanto. Mas me sinto estranha. Ele invadiu um território proibido, a minha fita, a voz do meu pai. Uma coisa é ir ver ET. A outra é começar a falar das lembranças que eu não tenho com esse menino que eu acabei de conhecer. Mesmo que ele tenha o sorriso mais bonito do mundo.

— Acho melhor mesmo a gente ir.

Sem saber o que fazer, ele concorda. Já deve estar me achando a garota mais esquisita do mundo. Talvez eu seja mesmo. A volta para casa é feita em silêncio total. Eu me sento na pontinha da mobilete, um pouco envergonhada, com uma certa raiva também. Custava ele ter falado de outras coisas? Me contado histórias sobre ele ou até sobre o galo desorientado? Nos despedimos na porteira da chácara.

— Então, tá.

— Então, tá.

Eu vou entrando. Ele grita.

— Espera!

Eu volto. Ele tira da mochila um saco de amendoim e me entrega.

— Como você sabia que já tinha acabado meu amendoim?

— Eu não sabia. Só sabia que você gostava de amendoim.

Com esse presente inusitado e curioso que recebo no meu primeiro encontro, não me seguro. Resolvo me abrir.

— Eu adoro amendoim. Adorei o presente. E a fita é a única lembrança que eu tenho do meu pai. A voz dele. E uma música que eu acho que ele fez para mim quando eu tinha dois anos.

Ele me olha com uma expressão tensa e curiosa. Eu continuo falando.

— Ele morreu quando eu tinha quase quatro anos. E eu não sei como, não me lembro de nada. Não lembro nem da cara dele. Só tenho a voz e a fita.

O Amor agora já está muito perto de mim. Outra frase ou cena bonita: "o Amor está perto de mim". O Amor está perto de mim... e ele parece curioso.

– E a sua mãe? Não guardou nada dele?

– Não. Ela sumiu com as fotos. Com a família dele. E nunca fala nada. Nunca responde. É um mistério. Um saco.

O menino tenta se aproximar mais uma vez, quase como se estivesse querendo me abraçar. Por que um abraço parece tão natural pra todo mundo menos pra mim?! Eu me afasto. Ele me olha no fundo dos meus olhos e agora as minhas pernas tremem tanto que eu tenho até medo de cair.

– Desculpa. Se eu soubesse, não teria perguntado. Você não precisava falar.

– Tudo bem. Foi bom. O problema é exatamente esse. Ninguém fala nada, nunca.

Ele não sabe mais o que dizer. Nem eu. Então aceno com a mão, abro a porteira e vou entrando na chácara.

– Obrigada pelo amendoim. Mesmo.

Superpoética a frase com a qual eu encerrei o meu primeiro encontro, vocês não acham? "Obrigada pelo amendoim." Eu tenho certeza de que não vou mais conseguir dormir essa noite. Que vou ficar pensando e pensando nesse primeiro encontro esquisito, no refrigerante que eu não tomei, no amendoim e no sorriso dele.

É exatamente isso que acontece. Isso e os barulhos de bambus rangendo. Eu coloco a fita do meu pai no 3 em 1 da sala. Ouço bem alto, para ver se me acalma. Não adianta.

Agora o relógio digital que tem no quarto do meu tio já está marcando 2h10 da manhã. Não me lembro de ter ido dormir tão tarde assim na minha vida. O meu desespero é tanto que eu penso até em ligar para a minha mãe, contar a verdade e sair correndo dessa cidade. Sair correndo daquele menino. Sair correndo do que eu estou sentindo.

De repente, os sons dos bambus rangendo se misturam com uma música. Demoro para entender, mas é isso mesmo, uma música. Eu levanto da cama, abro a janela do quarto do meu tio e vejo o Amor tocando violão e sorrindo. Mas ele não está tocando uma música qualquer. Ele está tocando a música que meu pai fez para mim. Não pode ser. Não mesmo. Ele roubou a voz do meu pai.

Ele não é meu pai

Eu sei que vocês já devem estar achando isso tudo muito confuso ou melodramático. Sei que prometi que na minha história tem Amor e suspiro forte no final. Eu também quero chegar lá. Mas, por enquanto, estou aqui, totalmente confusa com o rumo que as coisas tomaram nos últimos dias. Para ser mais sincera e direta, totalmente confusa com o que está acontecendo neste exato momento. O Amor resolveu me fazer uma serenata. Serenata, aquela coisa bonita romântica antiga de tocar um instrumento ou cantar na janela de sua ou seu pretendente. Eu sei, a cena é meio de filme mesmo, ele toca violão super bem e tem uma voz linda. O problema é o que ele está cantando. Como assim, ele sabe a música que meu pai fez para mim e resolveu tocar? Qual é a ideia?

Eu não entendi, mas abro a porta de qualquer jeito. Vou até a porteira. Meio cambaleante, mas vou. Ele sorri. O mundo para pra ouvir a pergunta que o Amor me faz.

— Gostou? Aqui em Salto Bonito, a gente ainda faz serenata!

— Você ouviu a fita?

— O quê?

— No dia em que veio me entregar o *walkman*. Você ouviu a fita?

Eu sei que a minha reação deveria ser outra. Me jogar nos braços dele ou finalmente suspirar forte como eu sempre quis. Mas essa história está longe de ter um fim. E ouvir a voz dele cantando a música que o meu pai fez me tirou do sério. Mas ele respondeu rápido.

— Não, eu não ouvi a fita. Eu ouvi a música. Você colocou para tocar BEM ALTO hoje à noite. Eu ouvi quando estava saindo. Fala logo, você gostou?

— Não sei. É estranho.

— Estranho bom ou estranho ruim?

Estranha é essa pergunta. Não sei como responder. A verdade é que eu não tenho muita noção do que acontece comigo quando estou na frente desse garoto. Mais do que perturbada, eu fico parecendo outra pessoa. Juntando isso com o fato de ele estar mexendo com a história do meu pai, a história que eu não sei. Eu não sei. É estranho bom ou estranho ruim? Ele não me espera responder e começa a tocar de novo. Eu sento na porteira para ouvir. Putz grila, como ele é bonito. A voz dele me leva para outros lugares. Lugares em que eu nunca estive. Diferentes da piscina, e ainda assim eu faço parte deles. Mas, de uma hora para outra, alguma coisa se quebra. Dentro de mim. É a voz dele.

— *Quieta e bem discretinha. Nunca fala um pouco mais.*
Fala pouco a menininha. E não sabe sorrir mais.

Ele mudou a letra. Mudou, não. Assassinou. Eu saio imediatamente daquele lugar confortável em que estava e começo a gritar. Sinto um nó na garganta e as lágrimas parecem que finalmente vão chegar. Eu bem que gostaria de chorar, mas só consigo gritar.

— Estranho ruim. Por favor, vai embora. Não canta mais essa música, tá? Nunca mais. A música é minha. Só minha. Não podia mudar a letra. Você não devia nem ter ouvido.

Ele fica desconcertado e vai embora com cara de poucos amigos. Eu corro para dentro de casa.

É claro que não consigo dormir. Não são os bambus, os grilos ou qualquer outra coisa que me assusta. Sou eu. A reação que tive quando ouvi a música completamente alterada. A reação que não tenho quando estou ao lado do Amor. Ele realmente me leva para outro lugar.

As horas demoram para passar. Abraçar o Afonso não adianta. Antes, toda vez que eu me sentia triste ou sozinha, eu me agarrava a ele. Eu sei, eu sei, meio doente e infantil achar que um urso de pelúcia sujo e esfarrapado pode resolver os meus problemas. Mas resolvia. Porque ele sempre estava ali, sabem? Ele e mais ninguém. Eu e ele. No escuro, ouvindo todos os barulhos assustadores da noite. Eu e ele. Entendendo que éramos só nós dois, o tempo todo. Que o resto das pessoas estava sempre preocupado com as outras coisas e as outras pessoas. Ou consigo mesmas. Eu e ele.

Enfrentando juntos a tristeza de não conhecer mais do que a voz do meu pai. Só a voz. Que agora está diferente por causa desse menino que invade os meus pensamentos, não me deixa dormir, me confunde.

Já são 5h30 da manhã. Os galos começam a cantar. Esses de hoje não são mais desorientados. As lágrimas não vieram, mas foi quase. Eu levanto e faço a única coisa que sei fazer desde pequena quando estou me sentindo assim: vou para a piscina.

O portão do clube está fechado, mas eu consigo passar por baixo. Ser atleta tem um milhão de vantagens. Eu pulo a grade e fico alguns minutos encarando a piscina. Linda. Limpa. Dessa vez, não vou entrar de roupa e tudo, eu vim de maiô. Dou um mergulho e saio do outro lado da borda. Automaticamente os meus pensamentos começam a me abandonar. Não todos os pensamentos, só aqueles confusos causados pela música que um dia já foi do meu pai e agora é daquele menino. Aqui eu não preciso deles. Não preciso do Afonso. Eu sou mais eu. Lola, a campeã das piscinas.

Eu nado cada vez mais rápido e meu coração acelera. Adoro ouvir as batidas rápidas. A minha respiração. Eu faço braço borboleta, o que me deixa ainda mais cansada. Não consigo sincronizar direito com as pernas, mas não quero falar disso. Hoje, não. O meu coração está cada vez mais rápido e, de repente, começo a me lembrar de uma cena. Uma lembrança minha.

Eu estou em casa, muito pouco tempo depois que o meu pai morreu. Estou dormindo em minha cama de bolinhas e o Afonso ainda não existe. Ou seja, eu ainda não ganhei ele de presente da minha avó. Escuto um barulho na sala e vou até lá, supersonolenta. A minha mãe conversa com um homem barbudo. Eu abro um sorriso gigante e pulo no colo dele. No colo do meu pai. Então, é essa a cara que ele tinha? Será que eu finalmente estou lembrando o rosto da pessoa que passei a vida toda tentando lembrar? A minha mãe e o homem se olham sem saber o que fazer. Quase dormindo de novo, eu me aninho nos braços do cara barbudo e falo com ele:

"Dá um beijo de boa noite, pai?"

Ele me beija, meio sem graça. Os dois ficam ali, mudos. O barbudo e a minha mãe. Eu durmo de novo, o homem faz um cafuné desajeitado na minha cabeça e eles começam a sussurrar, falam baixinho para não me acordar. Eu não escuto. Durmo profundamente. Até que o homem esbarra em um cinzeiro que estava na ponta da poltrona, que cai no chão fazendo um barulho enorme. Acordo assustada. Muito assustada. Olho para o sujeito com barba, começo a gritar e chorar.

"Não é ele, mãe. Não é o papai. Não é o papai!"

A lembrança me paralisa. Eu fico embaixo da água, querendo saber mais. Com vontade de chorar e lembrando que um dia eu já chorei de saudades do meu pai. Porque estava querendo tanto o colo dele que fui capaz de confundir um amigo da minha mãe com aquele que me deu a vida. Eu chorei. Eu quero chorar de novo. Quem era aquele homem barbudo? E será que o meu pai tinha barba também, por isso eu confundi? Eu fico mais um tempo embaixo da água, querendo lembrar. Só que uma voz me atrapalha. Invade aquele momento. Justamente quando eu comecei a lembrar.

A segunda invasão

Eu saio pela escada da piscina e o treinador está lá. Furioso, com cara de quem quer me matar. A voz era dele.

— Outra vez, menina?

Depois da lembrança que eu tive, fico achando que a minha voz não vai sair. Mas sai.

— Desculpa. Eu cheguei cedo, vim falar com você.

— E como eu não estava, decidiu nadar? Pelo menos, dessa vez está de maiô.

Pelo menos, não estou com a roupa encharcada. É o que eu penso. Fico olhando para aquele sujeito, que hoje usa um chapéu igual ao do Indiana Jones, e não sei o que dizer. Mas ele espera que eu fale. Não. Pelo olhar dele, ele espera que eu me explique. Ok. Vamos lá.

— É. Não podia. Eu sei. Eu não resisto. Mas é que vou passar as férias na casa do meu tio e queria saber se posso treinar aqui com vocês.

— Não. Você não vai treinar aqui.

Caramba. O pessoal dessa cidade é curto e grosso. Eles

falam o que pensam. O que faço agora? Insisto? Como vou ficar tanto tempo assim sem nadar? O que vou fazer para me distrair? Não quero ficar pensando naquele menino.

– É que...

Ele me interrompe.

– Ei, garota. Você não vai só treinar aqui. Eu te vi nadando. Nadando não, voando! Os Jogos Regionais estão para começar. E se entrar para o time, a gente tem alguma chance. Topa?

Pela cara que eu faço, acho que o treinador já entendeu a minha resposta. De verdade, pulo nos braços dele como se fosse uma dessas pessoas que comem algodão-doce e gostam de abraçar. O que está acontecendo comigo nessa cidade? Ele fica sem graça, eu fico sem graça. Para quebrar esse momento constrangedor, resolvo falar o que ele já entendeu.

– Topo, claro que topo. O que eu preciso fazer?

– Você precisa nadar. Precisa de disciplina. E, nesse momento, de um banho. Vai, já pode usar o nosso vestiário.

Eu fico ali parada, um pouco com vergonha de dizer para ele que estou sem meu condicionador de cabelo na mochila. O treinador abre um sorriso. Me apressa. O suposto vilão é, na verdade, um cara muito gente boa.

– Vai logo, menina. Eu não quero atleta minha doente.

Obedeço. No vestiário, enquanto decido se vou lavar a cabeça só com o xampu mesmo ou se deixo para tomar banho em casa, a mochila cai no chão. Dentro dela, o pacote de amendoim que o Amor me deu. Eu fico um tempão encarando aquele presente tão curioso. Nesse momento, nada no mundo me parece mais romântico do que um pacote de amendoim. Vocês já ouviram dizer que a beleza está nas coisas mais simples? Fico pensando que é isso que esse menino representa. Simplicidade. Mas o que sinto por ele me parece mais difícil. Complexo até. Eu decido comer o amendoim ali mesmo, de toalha e maiô molhado. O gosto é de outro mundo. Quase como o gosto da vitória em um campeonato.

Na terceira bolinha do salgadinho mais maravilhoso do planeta Terra, começo a pensar na estranha lembrança que tive na piscina. Quando estou tentando entender a razão pela qual, depois de tantos anos, as minhas memórias começam a voltar naturalmente e embaixo da água, alguém entra no banheiro. Por impulso, me escondo em uma das cabines de chuveiro. A voz é da Linda. Ela e outra menina, que pelo que ouço me parece mais nova e baba-ovo da filha do técnico, falam sobre uma fogueira no Esqueleto. Em questão de minutos, eu fico sabendo de muitas fofocas da cidade. Quem ficou com quem, a roupa que as pessoas estavam usando, o vexame que um tal menino deu na última fogueira. Nada disso foi tema das minhas conversas com a Zoraide. Com ela eu fiquei sabendo das histórias de verdade. Das histórias da cidade. Linda conta que na noite anterior pichou o verso de uma música do Legião Urbana no muro da frente da casa de um ex. Algo sobre não sentir só saudades, mas algo mais.

Então, ela também tem coração. Isso é bom saber. Fico com medo de que elas me escutem ali e faço muito pouco barulho. O que será que a Linda vai dizer quando souber que agora somos colegas de time? Dane-se ela. Eu fui convidada pelo técnico. E agora sou oficialmente uma atleta do famoso e também fracassado time de natação da cidade de Salto Bonito.

Banana-split com sorvete de amendoim

Esperei as meninas saírem do vestiário e tomei banho. Sem condicionador mesmo, isso que é liberdade. Na volta para a chácara, me deu vontade de comemorar a novidade sobre o time e eu liguei para Zoraide. Sim, ela me deu o número de telefone no dia em que comemos brigadeiro. Achei tão chique ligar para a casa da prefeita! Foi o primeiro-damo que atendeu e, claro, no minuto em que eu perguntei pela Zoraide, ele já sabia quem eu era.

– Ah sim, Lola. Ela está bem aqui do meu ladinho. Já vai falar com você num instantinho.

Eu não me espanto mais. Salto Bonito deve ser como a tal cidade da distopia que li. Câmeras em todos os lugares, todo mundo sabe de tudo. E alguns adultos ainda falam no diminutivo com os adolescentes, como se fôssemos crianças. Mas os adolescentes não perdoam. Sabem como é.

Agora, eu e a Zoraide estamos aqui na Que Gelada!. Por favor, não morram de rir. Que Gelada! é a sorveteria de Salto Bonito. Até eu ri. A minha gargalhada alta e espontânea. Os adolescentes da cidade olham para mim. Não entendem. Pra variar, a Zoraide me explica tudo.

— Hoje todo mundo está entediado.

— Em plena quinta-feira!

— Quinta-feira de férias!

— Quinta-feira é dia de tomar *milk-shake* de baunilha?

Eu olho para o lado e percebo que todos os adolescentes estão tomando a mesma bebida. A minha amiga me explica que, em Salto Bonito, todo mundo acredita que a receita para curar o tédio – ainda mais depois de uma noite agitada com fogueira no Esqueleto ou observando ETs no Disco Porto – é simples: basta tomar quatro *milk-shakes* de baunilha na sequência e o sentimento vai embora. Olho para a cara do seu Tomé, o dono da Que Gelada!, e fico pensando que foi a família dele que inventou essa receita "antitédio".

Sem que eu pergunte, a Zoraide me conta que os adolescentes fizeram uma fogueira no Esqueleto na noite passada. Esqueleto é uma construção que era para ser uma fábrica de refrigerantes, mas o sujeito que mandou construir faliu e a obra ficou ali, pela metade. Hoje é *point* dos meninos e meninas que não têm mais o que fazer nessa cidade. Essa me parece ser justamente a parte mais interessante da história. A imaginação que as pessoas têm por aqui é uma coisa única. Como é que alguém, em sã consciência, acha que pode ser uma boa ideia frequentar um lugar sem paredes, uma construção inacabada?! Tipo, se não tem o que fazer, inventa. E os moradores daqui inventam. E como!

Eu conto para a minha amiga sobre o time de natação e ela decide que aquilo merece uma comemoração. Eu faço graça.

– Com *milk-shake* de baunilha?

Zoraide ri. Não responde. Vai até o balcão e volta com uma *banana-split*.

– Não, com *banana-split* de sorvete de amendoim, a especialidade da casa!

Estou amando essa cidade. Não tenho palavras para descrever um lugar que tem uma sorveteria com *banana-split* de sorvete de amendoim como especialidade da casa.

Enquanto conto para a minha amiga os detalhes sobre a minha entrada no time, percebo que algumas pessoas passam várias vezes na frente da sorveteria. As mesmas pessoas. Elas dão a volta pelo quarteirão. Passam a pé, de carro ou de mobilete. Às vezes, três ou quatro em uma mesma mobilete. Impressionante. Estou tendo uma aula sobre o curioso comportamento dos humanos em uma cidade com menos de dez mil habitantes. Eu nunca disse que esse era o tamanho de Salto Bonito? Pois é. Essa andança toda é o *footing*. Não, eles não fazem isso para queimar as calorias dos *milk-shakes*. Eles andam para ver e serem vistos – é aquele famoso "bora dar uma volta no centro para ver quem tá lá?".

De repente, quem eu vejo? Adivinha. De repente, eu vejo o Amor. Vou falar essa frase mil vezes, porque ela é realmente inspiradora. *De repente, eu vejo o Amor. De repente, eu vejo o Amor. De repente, eu vejo o Amor. De repente, eu vejo o Amor.* Só que ele passa pela frente da sorveteria uma única vez, porque ele é único (tá, eu sei, eu sei, talvez isso tenha soado meio brega romântico demais).

Eu não preciso falar nada. A Zoraide me olha e entende tudo. Deve ser isso mesmo que os amigos fazem. Entendem o que a gente sente, sem que precisemos explicar. Estou gostando muito de ter uma amiga. Especialmente uma amiga assim, linda, única, filha da prefeita com o primeiro--damo, que vive sendo seguida por gatos e me conta tudo que eu quero saber. Não, os gatos não estão com a gente hoje. Hoje é uma comemoração de meninas humanas. E a Zoraide entendeu tudo só com o meu olhar e resolveu me falar o que eu mais queria saber.

— Ele é diferente mesmo. Diferente bom. O Amor é meu amigo desde sempre. Ele nunca me excluiu ou achou bizarro o fato dos meus amigos gatinhos viverem atrás de mim. Ele nunca me olhou ou me tratou de um jeito estranho só porque eu sou a filha da prefeita ou porque gosto de meninas. Ele sempre foi meu par na festa junina e dança muito, muito bem. Claro que todas as meninas da cidade morrem de amores por ele. Quase todas, eu não. A gente é meio como irmão. Ele é o irmão que eu gostaria de ter. Eu sei que ele já ficou com várias delas, mas nunca se apaixonou de verdade. E o Amor não é do tipo que fica muito tempo com uma menina que ele não goste. Mas eu acho que ele não gosta de ninguém. Ou não gostava, né? Ele é tudo de lindo. Tudo de lindo em cima dessa motoca.

O Amor acabou de passar de novo. É a segunda vez, mas ele continua sendo único. Nós duas ficamos olhando. Eu não falo nada, então a Zoraide continua.

– Acho que a coisa mais legal do Amor é que ele ama Salto Bonito. Ama de verdade. Se você for conversar com qualquer um desses adolescentes, vai perceber que eles querem sair daqui rapidinho. Salto Bonito é o fim do mundo para eles. Eu não vejo isso. Eu sou filha da prefeita, né? Ela me ensinou que essa cidade pode ser maravilhosa. O Amor também sabe disso. Ele ama andar de motoca por aí e aproveitar as coisas legais da região. Ele não quer fazer faculdade fora e nunca mais voltar. Ele quer estudar e trabalhar para deixar Salto Bonito ainda melhor.

Quando ela fala isso, eu me apaixono ainda mais. Quem não se apaixonaria? Eu logo começo a pensar que o fato de ele querer passar a vida aqui pode ser um problema. Uma menina como eu, nascida e criada na cidade grande, não tem como viver aqui de verdade. Ou tem? Na verdade, um forno autolimpante vive em qualquer lugar, eu acho. Mas, pera. Como assim, eu já estou fazendo planos de viver com esse menino? Eu tenho só 15 anos. O garoto da motoca é só mais um garoto da motoca. O meu lugar não é aqui nem na minha cidade. O meu lugar é dentro de uma piscina. O Amor passa de novo na frente da sorveteria. Já é a terceira vez. A minha amiga sorri e pisca para mim. Eu abro um sorriso enorme para ela. Neste momento, esqueço a lembrança esquisita que tive com o homem barbudo e a estranha mistura da voz do Amor com a do meu pai. Eu me sinto bem. Uma adolescente normal, que tem uma amiga. Uma amiga fora da piscina. Pela primeira vez na vida eu não me sinto um peixe fora d'água.

Véu da noiva

Passei os últimos dois dias ao lado do telefone esperando ele tocar e nada. Então, resolvi deixar de ser criança e liguei para a casa do Amor. Como não foi ele quem atendeu, achei que tudo bem desligar na cara da pessoa. Supermadura. Para falar a verdade, fiz isso algumas vezes. E, quando ele finalmente atendeu, eu não soube o que dizer e desliguei o telefone de novo. Na cara dele. Tipo, bem idiota. O que eu ia dizer? *"Oi Amor, eu sei que a gente começou de um jeito esquisito, eu recusei um convite, depois te convidei eu mesma, fomos ver ETs e eu não quis te contar nada, aí te expulsei da chácara do meu tio, mas a verdade é que eu nunca senti nada assim antes e não sei muito bem o que fazer."*

Mentira. Sei sim. Corro até a sala e ligo de novo. Ele atende. Mais uma vez, me faltam as palavras. Mas o Amor sabe o que dizer.

– Lola? É você, não é?

– ...

– Lola? Lola...?

– Como você sabe que sou eu?

– Porque todo mundo sabe tudo nessa cidade.

– ...

– Brincadeira. É que antes de você chegar em Salto Bonito não acontecia isso do meu telefone tocar e ninguém falar nada.

– É... Desculpa. Desculpa por causa daquele dia na chácara. E pelas ligações...

– Esquece, Lola. Estou indo aí pra gente conversar.

Desligamos. Fico nervosa. Limpo a casa para me distrair. Paralamas do Sucesso bombando na vitrola do meu tio, o único disco mais novo que o Marcos Jacaré tem. Penso em outras coisas para me distrair. Falei com a minha mãe esses dias, uma mentira atrás da outra. Quem eu quero enganar? O Amor tá demorando. Será que desistiu?

A sala está um caos. Não sei como alguém consegue morar no meio de tanto pó. E não sei como é que acumula tanto, porque já limpei umas duas vezes desde que cheguei aqui. Quando vou passar um pano embaixo do sofá, descubro que ali tem de tudo: pente de cabelo, carta de baralho, uma camiseta velha que eu não sei se meu tio usa como camiseta mesmo ou como pano de chão. Acho que ele não vem mais. Vou tentar fazer uma faxina pesada pra não ficar me sentindo tão idiota. Alguém bate na porta e o meu coração dispara.

– Lolaaaaaaaa!

Fico olhando para o 3 em 1 do meu tio e não sei muito

como reagir. A música tá alta. Ela fala de uma chance, a chance de enlouquecer... "é tudo que eu quis... esse é o romance ideal".

O Amor grita de novo.

– Lolaaaaaaaa! Lolaaaaaaaa! Você não vai abrir?

Eu corro para abrir a porta. Ficamos em silêncio. Pela primeira vez na vida, parece que o Amor não sabe muito o que dizer. Estou vestindo o meu camisetão com a foto do Menudo, uma *boy band* com uns carinhas bem gatos que cantam em espanhol. Bom, fico pensando em quantas maneiras constrangedoras eu já apareci na frente desse menino. Roupa transparente, pijama velho de bolinha, camisetão com os caras da banda mais farofa dos anos 1980. O que é que falta? Falta ele falar alguma coisa, mas o Amor está mudo. Eu resolvo ajudar.

– Você não queria conversar comigo?

– Queria não, quero. Mas antes preciso te mostrar um lugar. Vem!

Ele me puxa pela mão. Eu vou. Com o Rick Martin estampado na minha barriga e tudo. Dou um jeito de pegar a mochila, bato o portão da chácara e, quando me dou conta, estou sacolejando em cima do banco da mobilete dele.

A estrada é de terra, cheia de pedrinhas e com montes e montes de curvas. Não falamos nada durante o caminho. Passamos ao lado de uma fila de carros que estão estacionados uns atrás dos outros. Todos eles com os vidros embaçados. Eu lembro que a Zoraide contou que uma dessas estradas era uma espécie de motel a céu aberto. Vários casais vão namorar naquele lugar porque o padre da cidade não permite que exista motel em Salto Bonito. Com esse pensamento na cabeça, eu me afasto ainda mais do banco do motorista. Depois de subir e descer em vários morrinhos de terra, chegamos no lugar que o Amor queria me mostrar. É uma cachoeira. Linda. Alta, com uma queda d'água enorme e um poço gigantesco para nadar. Ele olha para mim e sorri. Não, por favor, menino, para de sorrir.

— Gostou?

— Muito!

— Adivinha como é o nome dessa cachoeira?

— Que Gelada!, como a sorveteria?!

— Não. Véu da Noiva.

Enquanto eu fico pensando que o nome desse lugar é uma das poucas coisas comuns que já vi em Salto Bonito, porque Véu da Noiva é um nome bem comum de cachoeira, ele pula. Quer dizer, ele tira a blusa, o tênis e entra na cachoeira. E eu? Eu fico. Porque me lembrei de pegar a minha mochila, que fora o *walkman* com a fita do meu pai tem um zilhão de coisas inúteis, mas eu não sabia que tinha que pegar o maiô. E agora?

— Você não vai entrar?

Eu não sei muito bem o que dizer, então falo a verdade.

— Eu tô sem o maiô.

— No dia em que te conheci, entrar de roupa na piscina não pareceu ser um problema pra você.

Eu não respondo, mas pulo imediatamente na água. Que é gelada, muito gelada. Ficamos os dois nadando, meio distantes, meio quietos, meio envergonhados. Depois de um tempo, ele sai. Fica sentado em uma das rochas, tira um refrigerante da mochila. Nossa, ele veio preparado. Eu não gosto de refri, não sei o que dizer, então, eu nado. Como sempre, eu nado. Alguns minutos depois, o Amor resolve falar.

— Você não se cansa?

— Do quê?

— De ficar na água.

Eu não respondo. Mergulho de novo, nado mais um pouco. De repente, começo a sentir uma pontada horrível na cabeça. É a enxaqueca que sempre aparece uns dias antes da minha menstruação. A dor é chata. Lembro que tenho remédio.

— Você pega um remédio para mim na bolsinha da mochila?

Ele faz uma cara fofa. Muito fofa.

— Que foi?

— Dor de cabeça. Uma dor muito chata.

Eu nado até a pedra em que ele está e, ainda com o resto do corpo mergulhado, engulo o remédio que ele pegou para mim. Sem água, sem nada. Tipo durona. Eu tenho 15 anos, sei limpar, cozinhar macarrão instantâneo, ficar sozinha em uma casa suja, nadar e engolir remédio sem água.

Amor sorri de novo, faz uma expressão charmosa e diz:

– Sabe que eu tenho uma receita infalível para qualquer tipo de dor?

– Ah, é? Qual?

– É assim, ó: eu vou ler essa bula com uma voz chata mais de cento e três vezes e vai ser tão insuportável, tão ridiculamente insuportável, que você vai se esquecer da dor.

– Será? Você já teve enxaqueca menstrual?

Ele não me responde. Pega a caixinha do remédio e começa a ler a bula com uma voz fina, engraçada e totalmente nasalada.

– "O ácido mefenâmico não deve ser utilizado por pacientes com história prévia de hipersensibilidade ao fármaco ou a qualquer componente da fórmula. Devido à possibilidade de sensibilidade cruzada com ácido acetilsalicílico e outros anti-inflamatórios não esteroides..."

Eu não aguento. Saio da cachoeira com a camiseta encharcada e tudo e faço a única coisa possível de se fazer com esse menino nessa hora. Eu dou um beijo na boca dele.

Sem manual de instrução

O beijo não acaba nunca. Eu não quero que acabe. Tecnicamente, esse é meu primeiro beijo. O primeiro depois que o meu corpo mudou, eu menstruei e os adultos que conheço passaram a dizer que eu era uma mulher. Nunca entendi isso direito. De uma hora para outra, as pessoas começam a te chamar de mulher. Como se a bunda mais larga, o sangue menstrual ou o peito crescido fossem a chave que toda menina espera para entrar nesse misterioso universo das mulheres. Que bobagem.

Tiveram outros beijos, mas eu era criança. Aquela coisa de curiosidade, querer imitar os adultos. Beijei o Luiz Otávio, um menino esquisito da escola, devia estar na segunda ou terceira série. Foi estranho, a língua dele parecia um liquidificador. Também beijei uma amiga, a Elisa. Não me lembro em que ano estava, acho que provavelmente na quarta série. Foi melhor do que com o menino, eu acho. A minha amiga era mais esperta, como geralmente as meninas são. Acho que ela devia ter treinado bastante. De verdade, não tenho ideia se esses dois beijos me prepararam para o que está acontecendo agora. Provavelmente, não.

Mas de algum jeito eu sei o que fazer. Ele também. Ele põe as mãos no meu pescoço e me beija muito lentamente. Devagarzinho. Dá vontade de cair. Dá vontade de não parar nunca. Então, não paramos.

Toda a galera da minha escola já tinha beijado. Depois que meninas e meninos ganharam pelos, peitos, bundas maiores e até uma voz diferente, ou a tal chave especial para habitar um universo mais perto do adulto, todo mundo começou a beijar. Ou a ficar, como a gente costuma dizer. De uma hora para outra, os bailes que tocavam Tracy Chapman e Elton John se transformaram em festinhas furiosas com adolescentes se batendo, dançando Plebe Rude e se beijando. Beijando *muito*. Trocando de par, de roupa, de música preferida. Por alguma razão, eu não conseguia acompanhar. Aquilo tudo não me interessava. Acabei me afastando de todas as meninas com as quais eu convivia naquela época. Não aguentava ter de responder para elas que eu ainda não tinha ficado "oficialmente" com ninguém. Nem fingir que não sabia que elas me achavam a pessoa mais esquisita da escola. Talvez eu seja esquisita mesmo. Mas não é assim que eu me sinto agora, beijando esse menino.

Acho que não vou conseguir explicar o que está acontecendo comigo. Nem sei se existem palavras para isso. É como se eu tivesse passado a vida toda dormindo ou escondida, e agora o Amor me encontrou. Mais uma frase bonita.

Ou cafona, típica dos livros *Júlia* ou *Sabrina*, que a amiga da minha mãe deixa lá em casa para ela ler. Minha mãe não lê, eu leio. São bons, mas são horríveis. *Agora o Amor me encontrou.* Vocês entendem, né? O beijo dele melhora a minha enxaqueca e me amolece. Eu nunca fui mole. Desde que o meu pai foi embora para sempre e chorei pela última vez, eu tenho tentado ser dura. Forte. Campeã. Eu nado cada vez mais rápido e me preparo para o pior. Eu tenho fôlego, tenho força e nada mais pode me destruir. Era o que eu pensava.

Mas eu estava muito enganada. Porque foi esse menino olhar para mim e pronto. Tudo desmoronou de vez. Eu voltei a sentir, coisa que venho me recusando a fazer desde criança. Quando sinto raiva da minha mãe, e as adolescentes costumam sentir muita raiva das mães, eu me afasto dela, como fiz vindo para cá. Quando senti que estava sobrando entre as meninas da escola, me enfiei cada vez mais na piscina. Mas agora eu sinto trilhões de coisas por segundo enquanto beijo esse menino, e é tudo culpa dele. O beijo dura horas. Dias. Noites. O céu tapete estrelado cobre a gente. O barulho da cachoeira deixa tudo ainda mais lindo. Tudo de lindo, como diz a minha amiga Zoraide. Eu beijo mais e mais. Me dá vontade de deitar. Ali, sobre as pedras mesmo. Eu deito, ele deita em cima de mim. Eu adoro sentir esse peso. Nosso beijo sem fim fica cada vez mais apressado e infinito. É como se a gente quisesse se fundir. Entrar um no outro, não descolar. Meu coração dispara de novo. Sinto muitas coisas. Sinto medo, acho que estamos entrando em uma zona perigosa. Nenhuma leitura de *Júlia* ou *Sabrina* me preparou pra isso. Mas devia. Eu me levanto rápido. Ele fica espantado. Olha para mim, acho que não sabe o que dizer. Então, ele sorri, pega a bula do remédio e continua o assunto de antes.

– "O remédio não deverá ser administrado a pacientes que apresentem sintomas de broncoespasmo, rinite alérgica ou urticária induzidos por estes medicamentos."

Primeiro treino

Eu acordo com o telefone tocando. Levo alguns minutos para entender onde estou e o que devo fazer, que é mentir para a minha mãe. Mas não demoro meio segundo para me lembrar da noite passada. E como eu gosto de me lembrar... Lembrar de coisas boas é uma sensação nova. Repassar na minha cabeça cada detalhe, todas as falas. Todos os beijos... O telefone toca de novo. Eu corro para a sala e atendo, apressada. Quando escuto a voz da minha mãe, tenho certeza de que devo acabar com essa mentira e contar logo para ela que estou sozinha aqui na chácara. Eu conheço a Catarina, ela vai ficar um pouco brava, mas sabe a filha que tem. Certeza de que no final do telefonema ela já vai ter me deixado ficar até o fim das férias. Eu respiro fundo e atendo. Tento parecer segura. Mas a minha mãe me surpreende mais uma vez.

– Seu tio me ligou ontem.

Eu congelo. Adeus, Salto Bonito. Adeus, treino com o time da cidade. Adeus, Amor.

– Ele disse que você está comendo bem, fez alguns amigos e tem ajudado na horta da chácara. Que legal, filha. Você está descobrindo Salto Bonito.

Agora eu fiquei confusa. Meu tio ligou para minha mãe e encobriu a minha mentira? Como assim? Provavelmente ela começou a perguntar de mim, ele entendeu o que estava acontecendo e resolveu não causar um estrago na família. Ponto para o Marcos Jacaré.

– Lola? Você está ouvindo, filha? Faz três dias que seu irmão não tem crise de asma nenhuma. O tratamento está indo super bem.

– Que legal, mãe. Eu estou ouvindo, sim.

O resto da ligação foi assim. Ela falando do Raul e eu pensando em agradecer meu tio, sem saber direito como fazer contato com ele. Assim que desliguei, me dei conta de que hoje é o meu primeiro dia de treino com o time da cidade. Eu pego meu maiô, a minha melhor touca, óculos, mochila e saio correndo. Não vai ser legal atrasar logo no primeiro dia.

Adivinhem quem é a primeira pessoa que eu encontro quando entro no vestiário do clube? A Linda, claro. Mais linda e com os dentes mais brancos do que nunca. Ela bufa assim que me vê e fala:

– Olha, eu não preciso de mais amigas. Mas vou te respeitar como colega de time. Meu pai me obrigou a fazer isso. Então não abusa, ok?

Nenhuma menção ao fato de ela tentar me impedir de nadar no time. Nada. Eu não sei exatamente o que responder. Não foi a recepção que eu esperava, mas fiquei convencida de que ela vai me deixar em paz. Eu tiro o moletom e fico só de maiô. A Linda já saiu do vestiário. A outra menina que estava com ela ainda está aqui. Deve ter uns 12 ou 13 anos, no máximo. Ela tem traços orientais, uma estatura mediana, as pernas superfortes e usa um maiô meio esgarçado.

– Não liga, Lola. A Linda é tipo cão que ladra, mas não morde. Eu estava doida para te conhecer. Meu nome é Mariana. O Érico falou que com você a gente tem chances de ganhar os Regionais. Imagina isso?!

– Imagina. Ia ser demais, né?

Eu não conto para ela que já estive duas vezes na final do Campeonato Brasileiro, que é muito mais difícil e disputado do que o regional. Em uma delas, levei medalha de ouro. Pra que falar?

O treino é parecido com todos os outros treinos que já fiz na vida. Corretivos, longas distâncias de perna, tiros... Em um momento específico, o Érico separa dois times que vão se revezar em duas raias. Uma deve ir atrás da outra. Estou na mesma raia que a Linda e ela impõe o ritmo. A menina é rápida. O Érico pede que a gente nade borboleta, então, eu aviso que vou ao banheiro e fico muito tempo por lá.

Quando volto para a piscina, as meninas estão usando nadadeiras. Eu não trouxe a minha. Por incrível que pareça, a Linda se oferece para emprestar o par antigo dela. Eu aceito. Será que alguma coisa vai mudar nessa relação que começou tão mal? Ela vai acabar gostando de mim, já que sou uma das saídas que o pai tem de realizar um sonho tão antigo? Não tenho certeza se a Linda também quer ganhar algum tipo de campeonato ou se ela só está nessa por causa do Érico. Não dá para ter certeza de nada com essa menina.

Enquanto nadamos tiros de *crawl*, fico pensando no Amor. Tentando entender o que vai acontecer daqui pra frente. Nós nos despedimos na porteira da chácara e não falamos mais nada. Eu não sei o passo a passo e não tenho nenhuma ideia de como devo agir nessas situações. Nós só ficamos, certo? Ninguém falou nada além disso. Aliás, ninguém falou quase nada de nada. Nós praticamente só nos beijamos.

Depois dos tiros de *crawl*, o Érico me apresenta para o time todo. As meninas são um pouco frias, menos a Mariana. Perto do pai, a Linda também me trata melhor. O treinador conta que em poucos dias devem começar os Jogos Regionais e ele está esperançoso. Ele me pede para entrar na piscina de novo e cronometra o meu tempo de *crawl*. Quando chego na borda, o treinador está ligeiramente boquiaberto.

– É espantoso, menina. Eu nunca tinha visto ninguém nadar assim.

É claro que eu me encho de orgulho. Vamos todas para o vestiário e, pouco a pouco, eu vou conhecendo as garotas. A Mariana me pareceu a mais nova e também a mais querida delas. A Ana Paula, uma menina negra e alta, tem o sorriso mais bonito que eu já vi. Mas ela não sorri para mim. Até onde eu percebi, a Linda exerce uma espécie de poder sobre o time. Por isso, não vai ser lucro para ninguém se aproximar muito de mim. Tudo bem. Eu não vim para Salto Bonito fazer amigas. Mas já fiz. A Zoraide é mais legal do que todas elas juntas. Eu também não vim para cá para me apaixonar. Mas acabou acontecendo. Não, não vou falar de novo do Amor.

Eu decido tomar banho na chácara, por isso só me troco. Penso em passar no mercadinho do Seu Feijão para comprar mais amendoim, o meu estoque está acabando. Mas todos nós sabemos que não é exatamente o amendoim que eu quero, né? É inevitável, vou ter que tocar no assunto. Só de me lembrar do Amor, a minha perna já fica bamba de novo. Eu não vou ter coragem de procurar por ele. Mas, na verdade, eu nem preciso. Quando estou chegando no portão do clube, ele está lá. Parado com aquele sorrisão e em cima da mobilete. Eu sorrio para ele também e subo na motoca sem falar nada, como se tivesse feito isso milhões de vezes na vida. Sim, eu quero fazer isso milhões de vezes na vida. Porque, em cima do banco de trás daquela mobilete, tudo parece fazer sentido.

Feridas abertas

Passamos a tarde na chácara, fazendo tudo e nada ao mesmo tempo. Ficamos horas olhando uma fila de formigas trabalharem, e rimos com o cansaço que sentimos só de ver aquele movimento todo. Descubro que o Amor pediu uma folga no mercadinho e resolvo não perguntar a razão. Na minha cabeça, foi por minha causa. Melhor pensar assim. Eu estou achando genial a possibilidade de ser a razão de qualquer coisa.

Os beijos não acontecem, eu não sei se estou tímida demais para isso. Talvez o problema seja a luz do sol. Tipo, não combina beijar de dia. Será?

Ficamos um tempo na horta e o menino me faz comer tudo quanto é tipo de folha e raiz que encontramos por lá. Ele se espanta muito com o fato de eu nunca ter experimentado algumas coisas.

— Como é que uma atleta como você não come vinte quilos de alface diariamente?

— E como é que você sabe o tipo de atleta que eu sou? A gente se conheceu tem poucos dias.

– Tá todo mundo dizendo que você é a esperança da cidade nos Jogos Regionais. Por isso eu acho que você é uma atleta de ponta.

Ele fica olhando pra mim, acho que esperando um beijo no meio de todas aquelas folhas, alfaces, rúculas e almeirão, coisas que eu não pretendo comer nunca mais na minha vida, de tão amargas que são. Mas a coragem para o beijo não vem. Uma coisa é tomar a atitude na cachoeira, debaixo de um monte de estrelas. A outra é fazer isso na horta, com a luz forte do sol do meio-dia. De qualquer jeito, o momento passa.

Andamos um pouco pela chácara e ele me conta algumas histórias. A parte que eu acho mais divertida é quando ele fala da infância e dos capotes que tomou brincando com os carrinhos de rolimã. Eu não sei o que é um carrinho de rolimã e, quando o Amor descobre que eu estava boiando completamente no assunto, ri da minha cara como se eu fosse um daqueles ETs que não aparecem nunca no Disco Porto.

– Que tipo de pessoa pode ter passado a infância inteira sem colocar a bunda em cima de um carrinho de rolimã?

– O tipo de pessoa que vive na capital e que passou grande parte da vida dentro de uma piscina. Eu. Prazer, Lola.

Ele vem para perto de mim e me beija. O beijo mais longo, delicioso e demorado que já dei na vida desde que comecei a beijar. Ou seja, desde ontem. Quando paramos, ele me olha.

– Prazer.

Não. Não vou falar o nome do Amor. Podem esquecer. A única coisa que posso dizer é que beijo na boca combina, sim, com a luz do dia. E com calor. E com alface.

Agora estamos andando por umas estradas de terra perto da chácara para tentar achar uma tábua ou tronco. Ele quer fazer um desses carrinhos para mim.

Quando chegamos de volta perto da porteira azul, carregados de troncos para construir o tal rolimã, encontro um envelope pendurado na porteira por um barbante. É um telegrama do meu tio. Em poucas palavras, ele pede para que eu não faça nenhuma besteira por estar sozinha e que eu avise ao moço que cuida da horta que ele deve chegar em mais duas ou três semanas. Sim, o Marcos Jacaré mentiu para a minha mãe que eu estava ajudando na horta, mas a verdade é que até hoje eu não tinha colocado os pés naquele lugar. É o primeiro telegrama que eu recebo na vida, e acabo me sentindo importante de novo. Impressionante como os dias nessa cidade estão transformando algumas coisas dentro de mim. Quando penso nisso, percebo que não vou ficar aqui para sempre e um pânico começa a me invadir. Como é que vou fazer para viver longe desse menino que eu não sei se é meu ficante ou namorado, mas é a coisa mais louca que já me aconteceu na vida até agora? Como é que eu vou ficar sem os *milk-shakes* e as *banana-splits* com sorvete de amendoim e as caminhadas por estradas de terra na companhia da Zoraide? Quando é que eu vou ter de novo, todas as noites, o céu tapete de estrelas? Se eu soubesse chorar, esse seria o momento ideal. Só que as lágrimas não vêm. O Amor percebe que eu estou estranha e pergunta se não tenho fome. Nós entramos.

Conversamos sobre a minha estranheza, dou uma desculpa qualquer e descubro uma outra coisa bem triste. O pai dele morreu faz muito pouco tempo. Pelo que disse, deve ter uns três ou quatro meses. Foi uma morte besta e improvável, um raio caiu na cabeça do homem enquanto ele consertava o teto do coreto. O pai do garoto era o verdadeiro faz-tudo da cidade. Quando o Amor me contou isso, logo depois da gente ter devorado o meu último saco de amendoim, ele chorou. Falou e chorou, como se fosse a coisa mais normal do mundo, isso de se sentir triste e chorar. É claro que eu não sei o que dizer nem tenho a menor ideia de como reagir. Eu não sou nem um pouco boa com essas histórias de pai. Porque eu não tenho pai e também não tenho história. Ou, pelo menos, fora da piscina eu não tenho história. É triste. Eu mudo de assunto. Um horror, eu sei. Nos deitamos no sofá e não tem mais muito clima para beijos. Mesmo assim, ficamos deitados por horas. De mãos dadas, vemos na TV a reprise de uma novela antiga e um filme muito besta na Sessão da Tarde. É tão besta que eu nem quero contar.

Já está escurecendo e eu me pergunto se não é hora de voltar a beijar. Só que não vou tomar atitude nenhuma, acho que o Amor ainda está grilado. Chego mais pertinho dele e fico pensando que seria lindo se ele dormisse essa noite comigo. Não estou querendo nada de mais, eu só não quero ficar sozinha. Com todos aqueles bambus rangendo e os barulhos que eu nem sei de onde vêm. Não, mentira. Também estou pensando em passar o maior tempo possível ao lado dele.

— Eu preciso ir.

— Mas, já? Você acabou de chegar.

Ele ri. Que bom. Eu não soube o que dizer quando ele me contou da morte do pai, mas agora fiz ele sorrir. Isso não tem preço.

— Hoje é noite de filmes. Um lance que meu pai inventou quando eu tinha uns dez anos. Toda quarta-feira ele alugava uma fita VHS e a família se reunia no sofá da sala para assistir. Depois de um tempo, a gente começou a se revezar. Eu e a minha mãe também escolhíamos os filmes. Desde que ele morreu, a gente tem continuado a noite de filmes. É tipo uma homenagem. Hoje eu aluguei *Brinquedo Assassino*. Não vai dar para os meus irmãos assistirem, eles ainda são pequenos.

Eu não tenho o que dizer. A gente se despede de maneira um pouco desajeitada e eu fico sozinha de novo. Não completamente sozinha, mas com a lembrança dele. A história da noite de filmes me comoveu. Fiquei pensando que o pai dele devia ser um cara incrível. Também me deu um pouco de pena e tristeza pelo Amor. Até onde entendi, ele se sente responsável pela mãe. Na verdade, por toda a família. Claro que ele não disse isso. O Amor não é o tipo de cara que acredita que os homens têm a obrigação de se responsabilizar por todos e tal. Ele não é um dos personagens ricos de *Júlia* ou *Sabrina*. Ele é um cara que adora alface e sabe montar carrinhos de rolimã. Mas, no meio dessa conversa sobre a noite de filmes, e na necessidade urgente que ele teve de ir embora, eu senti. Senti o que ele sente, se é que isso é possível. É como se aqueles olhos alegres e puxados e o sorriso que eu não me canso de lembrar fossem responsáveis por preencher e alegrar uma mulher que acabou de perder o marido e dois irmãos que, assim como eu, também conheceram cedo demais o significado da palavra morte. De um jeito maluco, eu faço uma ligação um tanto quanto estranha. Me pergunto se tudo que aconteceu comigo nesses últimos dias, sobretudo a paixão maluca e desesperada por esse menino, não estava escrito em algum lugar e de algum jeito. Eu sei, eu sei, eu não sou mística, não acredito na loira do banheiro nem em nenhuma dessas bobagens. Mas ele acabou de perder o pai. Chora quando fala disso e está com a ferida totalmente aberta. Eu não perdi o meu pai agora. Mas a minha ferida nunca foi fechada.

O Amor sumiu

Acordo no sofá da sala. Dormi lá mesmo, depois que o Amor foi embora. Tive um sonho muito estranho e triste, tudo ao mesmo tempo. Não sei ao certo se é sonho ou lembrança. Eu tinha por volta de uns 4 ou 5 anos e estava escondida atrás do sofá de casa. Minha mãe e o Raul me procuravam muito, por toda a parte. E eu ficava ali, escondida e com uma escova de dentes na boca. Depois de algum tempo, a coisa toda começou a ficar barulhenta: a minha mãe gritava, ligava para os vizinhos, o Raul chorava e eu não saia de onde estava. De algum jeito maluco, estava gostando muito de ser o centro das atenções, de ouvir os dois chamando por mim assim, desesperadamente. Uma maldade terrível, porque a minha mãe não parava de gritar e nem assim eu me revelava. Não sei se já contei, mas a Catarina também não chora. Ou melhor, ela parou de chorar desde o dia em que meu pai morreu. Que eu saiba. Porque de vez em quando fantasio que a minha mãe se tranca no banheiro para chorar, como fazem alguns personagens de novela. No fim do sonho, ela me acha atrás do sofá e diz:

— Tem um amigo seu querendo te ver, filha. Uma visita.

Eu saio de onde estou, vou correndo para a porta e vejo o Amor. Me visitando em São Paulo, aos 4 ou 5 anos de idade. E a minha mãe, que devia estar brava e completamente irritada com o meu sumiço proposital, oferece para ele um pouco de bolacha com cobertura de chocolate e sai da sala. Pode? Acho que pode, sim, é um sonho. De qualquer maneira, não tenho muito tempo para processar toda essa maluquice, porque tenho que ir para o treino.

Fazemos um treino de costas e nadamos quase sem pausa. No final, Érico entra na piscina também e conversa um pouco com a gente sobre a prova de sábado, o meu primeiro teste como integrante do time. Ele me colocou no revezamento 400x100 metros e também no 400x200 *crawl*. A ideia é que eu seja a última atleta a nadar e tire o atraso do time, caso o time esteja realmente atrasado. Uma gargalhada ecoa na piscina. É a Ana Paula. Ela diz que é óbvio que o time vai estar em último lugar, porque isso é o que sempre acontece.

— Para tirar o nosso atraso, ela não precisa só nadar. Ela tem que voar.

Todo mundo fica olhando para mim. Eu sinto uma responsabilidade enorme. Mais do que isso, eu entendo que aquela história de ser colocada por último para salvar o time não vai me ajudar a me aproximar das minhas colegas de natação. Não que eu queira ficar amiga de todas elas. Mas é um pouco estranho chegar no clube e ser recebida com tanta frieza.

Érico fica bravo com a Ana Paula e passa mais de meia hora falando sobre otimismo, perseverança e espírito de equipe. No final, quando saímos da piscina, ele pede para que todas se abracem. Sim. Um abraço coletivo, molhado e totalmente fora de propósito. Ah, essa cidade!

Agora já são 3 da tarde e eu estou quase enlouquecendo aqui em casa. Comecei a chamar a chácara de casa e isso está me parecendo bom. É claro que eu esperei o Amor me buscar no clube, foi isso que ele fez ontem. A gente não combinou nada, mas eu achei que ele iria. Ele não foi. Então, eu lembrei que ele devia estar trabalhando e fui fazer umas compras no mercado. Ele não estava lá. Agora são 15h02 e eu continuo sem nenhuma notícia desse menino. Eu grudo ao lado do telefone, mas ele não toca. Eu grudo na janela, mas ele não aparece. Eu faço outra faxina na sala, mas o tempo não passa. Eu escuto a fita com a voz do meu pai, mas ela não está mais fazendo tanto efeito. Eu grudo de novo no telefone e espero. Espero. Espero.

Já são 19h15. Ainda estou esperando. Pensei em todas as possiblidades para esse sumiço do Amor e quase tudo me parece possível. Ele desencanou de mim de uma hora para outra, percebeu que sou uma fraude. Ele se tocou de que não sei beijar. Ele mudou de cidade. Ele decidiu se apaixonar pela Linda, a menina mais bonita da cidade. Ele não sabe o meu número de telefone. O telefone dele quebrou. Ele ficou muito bravo comigo porque eu não soube o que dizer nem o que fazer quando ele contou sobre a morte do pai. Ele só queria beijar uma menina que não fosse de Salto Bonito. Ele só queria experimentar a alface da horta do meu tio.

— Lolaaaaaaaa!

É a Zoraide batendo palma e me chamando na frente do portão da chácara. Ela entra e conta que veio me fazer um convite: os pais dela querem preparar um jantar para mim no sábado à noite. Eu falo da prova de natação e ela diz que eles estão sabendo. Claro, a cidade toda está sabendo. O jantar vai ser depois da prova, vai dar tempo de sobra.

Nós ficamos na sala e conversamos um pouco. Muito pouco. A minha amiga percebe que estou inquieta e me pergunta o que aconteceu. Eu sei que ela é legal e super de confiança, mas fico com um pouco de vergonha de confessar que estou completamente paranoica porque um menino, que eu nem sei se é meu namorado ou não, não me procurou ou deu sinal de vida. Eu falo qualquer coisa e decidimos fazer uma pipoca. Entre um milho e outro ela me solta essa notícia bombástica:

— Um dos gêmeos quebrou o braço hoje.

— Gêmeos?

— Os gêmeos. Os irmãos do Amor. Sabe que até hoje eu não sei o nome deles? A cidade toda só fala gêmeos.

— O que aconteceu?

— O menor deles tomou o maior capote no carrinho de

rolimã. Quebrou o braço e tudo. Você acredita que não tinha material para fazer o gesso no hospital da cidade? Minha mãe ficou tão envergonhada que ela mesma pegou a ambulância e foi dirigindo até Salto Pequeno.

– Salto Pequeno?

– A cidade aqui do lado. Beeeeeeem maior que Salto Bonito. Um dia a gente vai lá tomar suco de uvaia. O melhor suco de uvaia da região!

– E o Amor foi junto?

– Foi, claro que foi. Desde que o seu Laércio morreu, ele cuida desses meninos como se eles fossem de porcelana. Ele te contou do seu Laércio?

– Contou. Triste, né?

A verdade é que eu não estou triste. Tudo bem, deve ser horrível quebrar o braço. Ou ver seu irmão menor quebrar o braço. Especialmente se isso acontecer muito pouco tempo depois do seu pai morrer. Eu tento ficar preocupada ou minimamente abalada com a notícia, afinal o tal gêmeo é o irmão do cara que eu escolhi chamar de Amor. Mas a real é que estou feliz porque descobri o motivo de ele ter sumido. O Amor não desencanou de mim, resolveu investir na Linda ou descobriu que eu sou uma farsa. Ele só está em Salto Pequeno dando uma força para um dos irmãos. Alívio. Alívio total e imediato.

Tão tranquila e tão contente

Os dois últimos dias foram ótimos. O que eu posso contar é que o Amor voltou e está tudo bem com o irmão dele. Também está tudo bem com a gente. Eu ainda não sei o que somos. Resolvi não viajar mais na maionese e desencanar de ficar pensando nisso. Tenho que aproveitar o que estamos vivendo agora. Eu aprendi a jogar buraco. Eu aprendi o que é um carrinho de rolimã. Eu aprendi a distinguir escarola de espinafre.

Na piscina, tudo bem. Estamos indo agora para a primeira prova dos Jogos Regionais, que vai ser em uma cidade chamada Ponte Vermelha. Eu sentei sozinha no ônibus que a prefeitura alugou e não estou achando ruim. Olho pela janela da estrada e vejo muita terra vermelha. Nunca tinha reparado que a terra aqui tem esse tom. Deve ser por isso que o meu pé anda com uma cor tão diferente.

A expectativa para a prova é grande. Ainda que as meninas tenham me visto na piscina, a sensação que tenho é a de que elas não acreditam muito nesse campeonato. Ou em nenhum campeonato. Mas, para não decepcionar o Érico, elas nadam. Só que nos últimos treinos ele bombardeou a gente com informações sobre os outros times. Depois bombardeou as meninas com as histórias de todas as minhas medalhas e também com o meu tempo no nado *crawl* que vem baixando a cada ano. Não, não sei como ele sabe de tudo isso. Claro que essa fala dele colabora ainda mais para que eu sente sozinha nesse ônibus. Quem é que vai gostar de uma forasteira meio esquisita que esfrega várias medalhas de ouro na cara de um time que nunca ganhou nem uma medalha de bronze? Não, eu não fiz isso. Mas, para meu desespero, o Érico fez. Não para de fazer. E agora quase todas as meninas estão sentadas longe de mim e parecem acreditar que a gente pode ganhar alguma coisa. Quase todas. Não a Linda. Ela não.

Logo no começo da prova eu percebo que o nosso time é um fiasco. Não fosse a Linda dar um gás na borboleta, estaríamos em último. É quase a minha vez. A Ana Paula vem nadando um *crawl* em câmera lenta e eu estou a ponto de perder a paciência. Quando ela toca na minha mão, eu pulo na água. Nado sem parar e faço o que eu mais gosto de fazer, sem olhar para os lados. Na hora que me aproximo da borda, vejo que estou em primeiro lugar. Sim, é uma sensação conhecida. Mas, por alguma razão, dessa vez é diferente. Nós ficamos em primeiro lugar. O Érico faz uma festa. A Linda diz que foi pura sorte. E uma ou duas meninas sorriem para mim. São sorrisos sinceros. Uma delas, a Mariana, até me empresta um xampu. Eu estou sem, e quem é que vai se lembrar de comprar xampu no meio de tanta novidade?

Quando estamos voltando para a cidade, o clima do ônibus é de festa. O Érico fica repetindo o meu tempo no nado *crawl*, fala da próxima prova e as meninas não param de cantar as músicas do Legião Urbana. Todas juntas, em coro. E eu? Estou tentando me concentrar no livro que estou lendo, *Feliz Ano Velho*. Lembro que, quando eu comecei a ler, tinha a impressão de que iria acabar em dois ou três dias. Apesar de a história do Marcelo Rubens Paiva ser supostamente triste, o livro tem um tom delicioso. Eu ficava me imaginando naquela república em Campinas, vivendo a vida divertida e desregrada que os amigos do Marcelo viviam. Mas não cheguei nem na metade da história e não tenho mais conseguido ler. Porque agora a diversão e a falta de regras estão aqui comigo. Eu não moro em nenhuma república, mas estou passando os dias sozinha, me alimentando de pão, Quik e amendoim. Isso é uma liberdade absurda para quem só conhecia as regras da piscina.

As meninas não param de cantar e, apesar de eu adorar "Quase sem querer" do Legião e curtir a felicidade delas, acho tudo isso um exagero. Fico pensando se vai ser muito mal-educado ouvir o meu *walkman* aqui. Desconfio que sim.

O Érico faz um sinal para o motorista e o ônibus freia no acostamento. Eu entendo que vamos comer uma pizza ruim e fria em um posto chamado Capelinha. Fico um pouco agoniada, porque já são quase 7 da noite e eu tenho o jantar na casa da Zoraide. Não vou apressar ninguém, acho que vai soar ainda mais antipático se eu disser para todo o time de natação que quero ir embora rápido porque vou jantar na casa da prefeita. Sentamos em uma mesa gigantesca e o Érico pede pizza para todas, sem ao menos nos consultar sobre o sabor. Ele está muito feliz, é como se fosse um pai orgulhoso de todas as suas filhas. As meninas fazem uma brincadeira com os copos e eu acabo entrando na dança. Até como um pedaço de pizza e esqueço que vou comer de novo mais tarde. A muçarela deles não era fria coisa nenhuma, na verdade, acho que foi uma das mais deliciosas que já comi na vida. Falamos sobre as próximas provas e descubro que o treinador está me chamando de "arma secreta" do time. Nunca pensei em ser uma arma, mas eu fico um tanto quanto convencida.

O jantar na casa da Zoraide também é muito gostoso. As coisas fluem naturalmente por aqui. Gatos andando por todos os cantos, tigelas de ração e água espalhadas pela casa. Definitivamente, essa não é uma casa de prefeita como as pessoas imaginam que uma casa de prefeita pode ser. Ou, pelo menos, como eu imaginava. Rola uma certa bagunça, mas é uma bagunça familiar. Todos se conhecem muito. Eles se olham carinhosamente depois de uma piada, como se um olhar já fosse suficiente para explicar o resto da história. Eu me divirto muito, mas em alguns momentos fico viajando que gostaria de ter uma família assim. A Zoraide deve ter contado para os pais sobre a minha obsessão por amendoins. Eles estão por toda a parte, distribuídos em vários potinhos coloridos pela casa, quase como a ração de gatos. Amendoins de cores que eu nunca tinha visto.

Quando vamos comer o estrogonofe que o primeiro--damo preparou, eu já estou com a barriga cheia. Mas como mesmo assim. Aqui na casa da prefeita é ele quem cozinha. E cozinha muito bem, por sinal. O pai da minha amiga é supersimples, risonho, faz uma piada atrás da outra. A prefeita também é fofa, mas ela fala coisas que, às vezes, eu não entendo. Umas palavras mais difíceis, acho que é porque a mulher é muito estudada.

Ela me conta histórias da minha mãe mocinha, uma mãe que eu não conheci. Até onde eu entendi, elas passaram juntas um carnaval inteiro e foi uma das folias mais divertidas da vida da prefeita. Me dá até saudades dessa Catarina que um dia existiu. Também falamos do meu tio e eu descubro mais e mais bizarrices desse sujeito que eu adoro e admiro, mas que sempre foi um enigma pra mim. Quase no fim do jantar, eles me parabenizam pela prova e a prefeita conta dos planos do Érico para ganhar os Jogos Regionais e depois o Campeonato Brasileiro. Aparentemente, ele não ficou rancoroso e magoado por ter levado um fora dela na juventude, e os dois fazem planos juntos para que a cidade fique conhecida como um "celeiro da natação". É claro que eu faço parte desse plano.

A prefeita conta que teve que mostrar para a organização dos jogos alguns documentos antigos e a árvore genealógica da minha família para provar que eu sou daqui, ou que meus avós nasceram nessa cidade.

A inscrição no campeonato não foi fácil porque alguém contou para a organização que eu só estou em Salto Bonito de férias, que o meu time oficial é o do clube em São Paulo. Será que a Linda faria isso? Estragaria os sonhos do próprio pai? Não importa. Com os papéis que levantou, a prefeita conseguiu convencer a todos que a minha participação no time do Érico é legal. A ideia é que eu nade com eles até o fim do Regional, que vai bater exatamente com o fim das minhas férias, e depois volte para o Campeonato Estadual e o Brasileiro em dezembro e janèiro próximos. Ela quer saber se eu concordo. É claro que eu concordo. *Eu moraria nessa cidade, dona prefeita!*

Logo que eu penso nisso, um menino da minha idade invade o jantar. É o cara que colocou a mão na minha cintura na Festa do Galo Desorientado.

— Fala, gatinha da cidade grande.

Esse idiota não sabe falar outra coisa? Eu não gosto do jeito como ele me olha nem da maneira que fala comigo. Mas ele é o sobrinho da prefeita e eu não vou olhar feio nem estragar o nosso jantar por causa desse tal de Carlito. Ele não fala de pontas duplas, mas também não sabe conversar sobre nada de interessante. No final do jantar, o primeiro-damo me pergunta se eu não gostaria de dormir lá ou até passar uns dias, preocupado com a ideia de me deixar sozinha na chácara. A Zoraide abre um sorriso. A prefeita diz que Salto

Bonito é uma das cidades mais seguras de todo o Estado, ela se orgulha disso. E também comenta que, na minha idade, ela iria amar estar sozinha em uma casa como a do meu tio. Ela tem razão. Ela sabe de tudo. Eu amo essa prefeita.

Peixe que sabe voar

São quase 4 da tarde e o sol ainda está superforte. É assim no interior. Eu estou na beira da piscina esperando a minha vez de pular. A hora de entrar. Eu, a arma secreta. Estamos em uma cidade chamada Rancho Profundo. É a segunda prova dos Jogos Regionais e a prefeita disponibilizou quatro ônibus para as pessoas da cidade que quisessem acompanhar o desempenho do nosso time no campeonato. E elas quiseram. Todas elas. Acho que não sobrou uma pessoa sequer em Salto Bonito. Tipo feriado nacional. Os bancos fecharam, a sorveteria Que Gelada! também e o coreto deve estar vazio. Isso porque é a segunda prova do campeonato. O time do Érico nunca tinha passado pela primeira prova. Enquanto espero, a Mariana nada superdevagar. De novo, o time está bem atrás dos outros concorrentes. Eu olho para a arquibancada, que não perde a fé e não para de torcer pra gente, e procuro o Amor. Eu procuro o Amor. Eu procuro o Amor. *Eu procuro o Amor.* Será que sempre fiz isso sem saber? Quando os meus olhos passam pela arquibancada e encontram com os dele, o tempo congela. É como se não tivesse mais ninguém por ali. As meninas do time adversário, a Linda, a Zoraide, a prefeita e o resto da cidade. Ele respira fundo e manda um recado.

— Voa, Lola. Pode voar.

A Mariana finalmente chega. Eu pulo na piscina e saio nadando. Ou voando. Quando chego na borda, olho para a arquibancada e o Amor está com os olhos fixos em mim e um sorriso no rosto.

Com esse sorriso, o tempo acelera. Eu ganho aquela prova e muitas outras. A cidade toda me olha de um jeito carinhoso e acolhedor. Eu nunca tinha sido olhada assim na vida. Mas é só aquele sorriso que me importa. O sorriso que faz o tempo parar ou acelerar. Os dias se resumem a ele. Dias simples, cheios de sol. É como se eu tivesse vivido a minha vida toda nessa cidade. Andando de mãos dadas com o Amor, conversando com a Zoraide ou experimentando uma nova receita de geladinho. Eu nem sabia o que era geladinho. Os telefonemas da minha mãe diminuíram com o tempo. Isso não é estranho para mim. Na alegria ou na tristeza, eu estou sempre sozinha. Ou estava. No passado. Porque agora, nessa cidade curiosa em que nada e tudo acontece, eu pareço completa.

— Completei.

— Não acredito, Lola. De novo?

— De novo. E dessa vez é canastra real.

É um jogo de buraco. Eu, Zoraide e Amor na mesa da chácara. Eu ganho dos dois. É sexta-feira à noite e, em vez de ir ver ET, nós três preferimos jogar baralho, comer amendoim e conversar. Amor vem me beijar. Tudo é desculpa pra gente se beijar.

— Canastra real? Parabéns, minha rainha.

Zoraide põe as mãos nos olhos e depois finge uma tosse. Eu entendo e me afasto do Amor. É que a minha amiga se preocupa em não segurar vela. Então, eu me preocupo com ela. Mas é uma preocupação boa, familiar. Como esse jogo de buraco no meio da noite.

Os dias passam assim. Eu me acostumo cada vez mais com a minha risada, que agora anda mais alta e mais solta. Eu comecei a gostar do barulho dos bambus, que já não me assustam tanto. Eu já dormi algumas noites longe do Afonso, porque ele se perdeu embaixo da cama e eu estava muito cansada para procurar. Faz tempo que não escuto a fita com a voz do meu pai tantas vezes por dia. Só à noite, antes de dormir. Até o cansaço aqui é diferente. Um cansaço bom, com som de grilos. Eu deito na cama e desmaio. Sem pensar tanto na minha mãe ou no que vai ser da minha relação com o Amor no dia seguinte. Porque sempre tem o dia seguinte. A mão dele sempre está lá, grudada com a minha. Os olhos dele sempre encontrando os meus, me dizendo para voar. Então, eu faço o que ele sugere. Estou aprendendo a voar. E o tempo também voa.

Mulher Maravilha e o capitão

Medo é o que eu estou sentindo agora. É que o Amor está me ensinando a dirigir a mobilete dele. É um horror. Tudo bem, eu não atropelei ninguém, até porque não tem ninguém andando por aqui. Eu nem sei se isso é legal e se eu poderia dirigir de verdade. Só tenho 15 anos. A mobilete faz um zigue-zague pelas ruas de paralelepípedo e o Amor não para de rir.

Eu também ando rindo bastante. Ganhamos mais duas provas dos Jogos Regionais e, se ganharmos a de amanhã, já vamos estar nas semifinais. Parece que os planos do Érico e da prefeita estão funcionando. A arma secreta não tem desapontado. Estou adorando tudo isso. Ainda mais do que antes, as pessoas me cumprimentam nas ruas, sabem meu nome, sobrenome e até o tempo que eu faço em uma piscina de cem metros. Eu nunca imaginei que isso pudesse acontecer. E também nunca imaginei que um dia iria pilotar um treco como esse.

Estamos na praça do coreto e o Amor me pede para brecar. Eu breco tão bruscamente que a mobilete acaba caindo no chão. Claro que nós caímos em cima dela. Nenhum machucado e mais 15 minutos de risadas garantidas.

Agora resolvemos sentar nos bancos do coreto. Hoje é quinta-feira e o Amor acabou de sair do mercadinho. Ele me contou que tem trabalhado nas férias para poder comprar uma moto daqui um tempo, um ano mais ou menos, quando ele já tiver 18. Fico com medo só de pensar. Será que ele vai me deixar dirigir a moto também? Eu não quero.

Deito no colo do Amor e ele começa a espremer uma espinha nojenta que apareceu na ponta do meu nariz. Isso mesmo que vocês leram: ele está espremendo uma espinha minha. Isso não pode acontecer. Eu grito.

— O que você está fazendo?!

— Tô espremendo a sua espinha. Você já podia ter feito isso antes, né?

Eu levanto do banco em um pulo. Pela primeira vez na vida, quero me distanciar desse menino o mais rápido possível.

— Eca! Que nojo. Eu não te pedi para fazer isso.

Ele vem correndo atrás de mim. Está rindo e faz uma espécie de pinça com os dedos.

— Que nojo, o quê, pateta! Agora a gente é namorado, não é?

Eu perco a respiração. Paro de correr e olho para ele tentando disfarçar o samba-enredo que começa a tocar na minha cabeça. Não consigo responder direito, acho que a minha voz vai sair tremida. Então, só faço que sim com a cabeça.

– Então. A gente é namorado. Espremer espinha é sinal de intimidade.

Eu não me aguento. Nós somos namorados. *Namorados.* Pelo menos foi isso que ele disse. Eu finjo que não sou a garota mais feliz do mundo.

– Aff. Eca. Sai. Eu não quero *esse* tipo de intimidade.

– Vem cá, patetinha. Tem uma espinha gosmenta na sua cara.

Ele sai correndo atrás de mim. Eu fujo e não paro de rir. Dou a volta pela praça inteira, porque é claro que tenho muito mais fôlego do que ele. Mas a brincadeira cansa. Eu me entrego. Ele me alcança. E, em vez de espremer a minha espinha, ele me abraça.

Eu não sei como fazer isso direito, vocês lembram, né? Então, eu o abraço rapidinho e saio correndo.

– Duvido você me alcançar de novo.

O Amor corre e fica para trás. Depois me lembro que tenho que voltar para o clube e tento me despedir. Temos mais uma prova do campeonato hoje, mas o Érico me pediu para chegar bem mais cedo do que as outras meninas. Ele está investindo pesado na ideia de baixar cada vez mais o meu tempo no *crawl* e garantir a prova na final. A despedida demora alguns segundos. Já virou uma piada ou uma espécie de ritual nosso. O Amor sempre diz coisas fofas.

— Só mais um beijo. Esse vai dar para umas três horas. E eu só vou te ver à noite.

E mais um beijo acontece. Longo, demorado, feliz. Depois outro, mais outro, mais outro.

Quando eu chego no clube, o Érico e a Rosa, a assistente de bochechas vermelhas dele, já estão me esperando. Eu pulo na piscina e dou tudo de mim. Quando alcanço a borda, o treinador me aparece com um pedido inesperado.

— Ótimo, Lola. Já está aquecida. Depois a gente cronometra. Agora nada o *medley*.

Eu fico parada e olho para ele, completamente surpresa. A Rosa me salva.

— O *medley*? Mas ela só está inscrita no *crawl*.

— Eu sei. Mas, no meu time, todo mundo nada tudo.

Eu não costumo ter resposta rápida para as coisas, especialmente para aquelas que me deixam em pânico, mas nesse momento eu me supero. Afinal, sou uma campeã.

— Eu posso tentar baixar ainda mais meu tempo no *crawl*?

O Érico abre um sorriso.

— Baixar ainda mais? Tá bom, vai lá.

Ufa. Eu disparo na água. Mas consigo ouvir a Rosa falando.

— Essa menina realmente pensa que pode voar.

De repente, meu coração acelera mais do que o normal. Eu sinto a mesma sensação que tive quando me lembrei do amigo da minha mãe que derrubou um cinzeiro no chão e me assustou. Não, ele não era o meu pai. Mais uma lembrança vem chegando. Eu acho que é uma lembrança com o meu pai. Não dá para saber de verdade, porque ele usa uma máscara de pirata. Ao lado dele, eu pulo feito uma pipoca. Uma pipoca vestida de Mulher Maravilha. Eu devo ter uns 3 anos de idade e estamos em um baile de carnaval. Eu e ele. Ele, o meu pai pirata. Tira a máscara, pai, por favor. Eu quero ver o seu rosto. Meu coração dispara ainda mais. Eu nado um pouco mais lentamente, não quero que essa lembrança vá embora. Eu estou bem pertinho dele e grito, com a minha voz de bebê.

"Só mais uma vez, capitão!"

O meu pai pirata pega um monte de confetes em um saco e joga na minha cabeça. Parte dos confetes realmente cai na minha cabeça, mas um tanto bom cai dentro do copo de plástico de uma senhora que está fantasiada de bruxa. Ela olha feio para gente. Um olhar de bruxa. Eu continuo pulando feito uma pipoca e espalhando confetes.

"Mais confete, capitão!"

O capitão enche a mão e joga mais um tanto. De novo, os confetes atingem o copo da bruxa mal-humorada. Dessa vez ela faz uma cara absurdamente feia e se levanta, parece que vai reclamar com a gente. O meu pai me levanta pelos braços e sai sambando comigo. Não de um jeito qualquer, ele me coloca esticada no alto da cabeça dele, como se eu fosse um aviãozinho.

"Hora de partir, Mulher Maravilha! Hora de aprender a voar!"

A voz é dele, ou está parecendo que sim. É a mesma da fita. Por favor, pai, tira a máscara. Eu quero te ver. Eu quero lembrar de você. A velha bruxa de cara feia fica para trás. Eu estou rindo muito em cima dos braços dele e grito.

"Mais alto, capitão. Mais alto!"

Uma festa que não tem Amor não é uma festa de verdade

Estamos voltando da cidade de Pedra Branca. Disputamos a semifinal dos Jogos Regionais de natação e nosso time ganhou com facilidade. O mais legal é que todas as meninas nadaram muito melhor do que nas primeiras provas. Acho que todas elas estão animadas. O Érico intensificou os treinos. Não se fala em outra coisa na cidade. Faixas e cartazes com fotos do time estão espalhados por todos os lugares. Tem até uma festa marcada pela prefeita para comemorar o nosso desempenho até aqui. Agora nós estamos na final dos Jogos Regionais e isso é um acontecimento e tanto para a cidade. Tipo um sonho realizado.

Está rolando uma batucada no ônibus e todo mundo canta junto. Até o Érico e a Rosa. Eles são os mais animados. É claro que eu estou feliz, mas não tenho vontade de cantar. Nem muita coragem de encarar a Linda e as outras meninas fingindo que sou da mesma turma que elas. Eu não sou, mas isso não me importa muito. Na verdade, isso não me importa nada. Olho para a janela e me surpreendo com o pôr do sol na estrada. Tudo sempre parece meio mágico por aqui.

Chegamos na rodoviária de Salto Bonito. Atrás da gente tem outros quatro ônibus, os fiéis seguidores do time. Uma banda marcial espera pela gente e toca uma música bem alta. Eles usam uniformes engraçados, parecem a guarda da rainha da Inglaterra. Uma guarda muito suada, porque moramos em um país tropical e o calor no interior é forte, mesmo nas férias de julho. Com a música, as meninas ficam ainda mais animadas: é como se fôssemos uma banda de rock que fez muito sucesso no exterior e agora está voltando para a cidade natal. Eu queria que Salto Bonito fosse a minha cidade natal.

Olho para fora do ônibus e procuro pelo Amor, mesmo sabendo que ele vai estar ali, no meio da festa. Ele sempre está. E sempre demora para eu me acostumar com o olhar dele para mim. Ou o olhar de qualquer pessoa. Foram muitos e muitos anos contando só com um único olhar, o meu próprio. Então, o meu coração dispara toda vez que os meus olhos encontram com os dele. Mas não é o que acontece agora. Olho para a banda e para quase todas as pessoas da cidade que estão lá fora e não encontro quem eu quero. Fico ansiosa, quero sair do ônibus o mais rápido possível, mas sentei na última poltrona e tenho que esperar todo mundo descer. O time desce cantando. A banda aumenta o volume da música. Quando já estou quase saindo do ônibus, a Mariana me chama. Ela pede ajuda para alcançar a mochila que está no bagageiro.

– Lola, me ajuda a pegar?

Somos as duas últimas no ônibus. O barulho da música com o grito da torcida na rodoviária é ensurdecedor. Eu desço apressada para tentar encontrar meu namorado, mas ele não veio mesmo. Será que se arrependeu de me chamar assim? Descobriu que eu sou um forno autolimpante carente e branquelo e cheio de sardas e resolveu pular fora? Ou resolveu pular fora antes, porque quando as férias acabarem eu vou voltar para a minha cidade e a gente vai ficar um tempão sem se ver? Tipo, uma medida preventiva para evitar sofrimentos futuros.

A festa e o barulho continuam na rodoviária. Agora o treinador, a prefeita, a banda e as meninas do time estão posando para fotos. A prefeita está linda com um penteado afro e um vestido colorido que vai até o chão. Ela me dá aquele sorriso feliz. Tipo um sorriso orgulhoso.

– Vem, Lola. Sem você, nada disso estaria acontecendo.

Eu sorrio para ela, vou até o grupo e tento fazer a melhor cara que posso para a foto. Mas eu não posso muito. Porque nunca soube disfarçar. Eu me lembro de um dos meus últimos dias em São Paulo. Tudo que eu mais queria era uma galera comemorando comigo alguma vitória. Tipo a família empolgada da medalhista de prata. É justamente o que acontece agora. Mas falta alguém. Então, eu fico aqui, tirando fotos e tentando fingir que também estou superfeliz.

O tempo demorou para passar. Agora já são 7h30 da noite e o silêncio dessa casa está insuportável. Até os grilos me incomodam. Eu fico pensando no Amor e no que pode ter acontecido com ele. Ou com a gente. Pego a minha mochila e vou correndo para a casa da Zoraide. Quando toco a campainha, dou a primeira risada desde o momento que voltei da prova de natação. É que a campainha da casa da prefeita é na verdade a voz de um papagaio gritando.

– Tem alguém em casa?! Tem alguém em casa?!

A minha amiga abre a porta e um sorriso enorme.

– Chegou bem na hora.

– Na hora?

– Na hora do jantar.

Eu fico morrendo de vergonha e digo que volto depois. Mas a Zoraide está feliz com a minha visita surpresa. Ela usa um tamanco de madeira pontudo. Eu fico um pouco sem reação e sem saber o que dizer, mas a prefeita aparece, me puxa e conta que na casa delas sempre rola um jantar temático. Esta noite o tema é Holanda. Eles se vestem com trajes típicos e cozinham a comida do país escolhido. O primeiro-damo aparece na sala com um sorriso no rosto e o mesmo tamanco pontudo.

– Lola?! Que bom que você veio experimentar o meu *stroopwafel*.

O jantar é divertido. Maluco, na verdade. Porque não tem comida, só o tal *stroopwafel*, uma bolacha deliciosa, redonda e cheia de caramelo. O Carlito, o tal sobrinho da prefeita que curte o Axl Rose, também está por lá e veste uma roupa que o deixa com uma cara ainda mais estranha. Ele tenta ser simpático comigo, mas eu não consigo fingir que me interesso pelos assuntos idiotas que ele inventa. Ou por qualquer outro assunto. O primeiro-damo percebe que estou triste e coloca mais uma bolacha de caramelo no meu prato.

— Come mais um. Caramelo cura tudo.

Mudança de planos

Nem sei como consegui acordar tão cedo, mas agora já estou no vestiário do clube. Decidi chegar antes na piscina para passar algum tempo sozinha embaixo da água. Pensando e tentando relaxar. Relaxar e esquecer da minha insegurança. A noite passada foi terrível. Depois que saí da casa da Zoraide, eu demorei horas para dormir pensando em todas as coisas em que não deveria pensar. Quase liguei para o Amor, mas fiquei com a sensação de que iria fazer papel de boba. Se ele quis se afastar ou se aconteceu alguma coisa séria que o tenha impedido de ir na rodoviária me encontrar, ele que me telefone. Acho que a minha cabeça é minha inimiga. Só pode ser. Então, eu madruguei e vim para cá tentar nadar. Nadar pode me ajudar.

A primeira pessoa que eu encontro no vestiário é Linda, claro. A menina de maiô cavado e dentes muito, muito, muito brancos. Longe do Érico e das garotas do time, ela mostra quem realmente é.

— Chegou cedo, Lola. Tá querendo puxar ainda mais o saco do meu pai?

— Me deixa, Linda.

Eu coloco a mochila no banco e tiro o moletom. Quero correr o mais rápido possível para a piscina, evitar que uma tragédia aconteça. Porque, ao lado dessa menina, tragédias acontecem.

Linda se olha no espelho. Confere alguma coisa no cabelo e depois os dentes brancos, muito brancos. Eu ignoro. Ou tento ignorar. Ela realmente parece uma modelo tipo capa da revista *Capricho*.

— Você não acha estranha essa história de entrar para o time só durante o campeonato?

— Não, acho normal.

— Normal? Você nunca frequentou essa piscina, não conhece direito nenhuma das meninas, não chorou com a gente todas as provas que já perdemos.

Eu não aguento. Não dá para ficar quieta.

— Não. Mas eu vou fazer o time ganhar. Você sabe que eu sou boa.

A gente se encara. Acabei de me ligar que a menina mais linda da cidade também é insegura. Não deixo barato.

— E que na verdade sou bem mais rápida que você em qualquer modalidade.

— Você acha que é.

— Jura? Então, vamos para a piscina agora. Cem metros costas. Se eu ganhar, você para de me encher. Para sempre.

A resposta da Linda é objetiva. Ela tira o roupão, fica

só de maiô cavado e vai indo para a piscina. Eu vou atrás, pisando duro.

– Se você ganhar, eu penso no seu caso.

No caminho da piscina a gente encontra Mariana. Linda a escala para ser a juíza dessa disputa surpresa. Mariana fica assustada, mas aceita. Ela se posiciona na beira da piscina enquanto eu me ajeito para acabar com a metida da Linda. Mariana começa a contagem.

– Um, dois e...

A Linda queima e sai antes, claro. Ela realmente está mais rápida na piscina nos últimos tempos. Todas as meninas estão. É impressionante o que a final de um campeonato e a autoestima de um time podem fazer por qualquer atleta.

– Ela saiu antes.

Mariana dá de ombros. Nem finge que é imparcial. Ela torce para a Linda e isso não é segredo para ninguém. Então, eu me viro de costas e começo a nadar o mais rápido que posso. A minha respiração acelera. Eu paro de pensar na Linda, no Amor ou no meu pai. Eu faço o que realmente sei fazer e, em poucos segundos, emparelho com ela. É só dar uma braçada mais forte, como se eu tivesse um remo no lugar do braço e pronto. Passei a Linda. Ela deve ter sentido as gotas de água na cara ou a ondulação da piscina, porque pouco tempo depois que é ultrapassada, começa a gritar.

– Aiiiiiiiiiiiiiiii!

– Que foi?! Dói tanto assim perder? Você já devia estar acostumada!

– Eu machuquei o braço, garota. Está doendo muito.

A Linda bateu o braço na borda da piscina. Ficou tão atordoada porque estava perdendo que esqueceu de parar de nadar quando chegou.

Agora estamos as três sentadas em um banco na sala do Érico, que está mais vermelho do que uma pimenta e anda de um lado para o outro pisando bem forte. Parece que ele vai furar o chão. A Linda está com o braço enfaixado. Depois de cinco minutos bufando, o Érico finalmente fala alguma coisa. Fala não, grita.

– Tantos anos tentando chegar na final, e olha o que vocês fazem!

Eu abaixo a cabeça. A Mariana segura o choro. Linda é a única que responde.

– Pai, ela me desafiou. Foi ela.

– E você caiu como uma patinha. O Dario falou que foi uma luxação. Luxação. Sabe o que significa isso, Linda?

– Claro que eu sei o que é uma luxação.

– Isso significa que você está fora da final, filha. Fora dos Jogos Regionais.

Eu olho bem para a cara vermelha do Érico e vejo uma lágrima querendo cair do olho esquerdo dele. A Mariana está chorando faz tempo. E a Linda começa agora. Será que tem alguma coisa na água dessa cidade? Como é que as pessoas conseguem chorar assim tão abertamente e o tempo todo? Voltando ao nosso drama: Linda se levanta do banco e explode em um surto de lágrimas, raiva e cara vermelha. A cara vermelha deve ser de família.

— Fora?! Como assim? Amanhã eu já estou boa. Se não fosse por mim, o time não estaria na final.

Claro que essa é a minha deixa. Claro que a menina de maiô cavado falou isso para me provocar. Claro que eu vou revidar.

— Tá maluca, garota?! A gente só chegou nas finais porque EU entrei para o time, esqueceu?

Quando eu falo isso, a Mariana esconde a cara no meio dos braços com medo da reação da Linda. Por incrível que pareça, a menina dos dentes brancos continua chorando. Mas o Érico, mais nervoso e vermelho do que nunca, responde pela filha.

— Não provoca mais, Lola. E a partir de amanhã você tem que chegar ainda mais cedo no clube, porque vai nadar o *medley* individual na final. E a Mari te substitui no *crawl*.

Quando escuto isso, eu paraliso. Fico em pânico mesmo. Linda não aguenta ouvir o que o time vai fazer sem ela e sai correndo da sala. Mariana argumenta:

— Mas a Lola é bem mais rápida do que eu no *crawl*.

— Então, trata de ser rápida como ela. Quem mandou se envolver nessa bobagem?

Eu respiro fundo e tento falar alguma coisa.

— Mas, Érico, eu...

— Não tem mais nem menos, Lola. Você é a nossa única

opção. Eu já liguei para a organização da prova e troquei os nomes. Não pode trocar mais nenhuma vez, é a regra. É bom você começar a treinar já!

O Érico também sai da sala. Ele pisa ainda mais fundo, como se os passos firmes fossem resolver alguma coisa. Eu fico aqui ao lado da Mariana, mais atônita e perturbada do que em qualquer outro dia da minha vida.

– Não. O *medley*, não!

Sereias, palhaços e aqualoucos

É noite de festa na cidade. O clube está todo enfeitado com uma decoração estranha e bonita ao mesmo tempo. O tema é piscina. Papel crepom azul espalhado por todos os cantos. Bolas de sabão imitando as bolhas que se formam dentro da piscina quando respiramos embaixo da água. Algumas pessoas da cidade estão fantasiadas com maiôs, sungas, óculos e pés de pato. Outras foram mais longe ainda e se vestiram de sereia. Tem também uns palhaços do tipo aqualoucos. Por que não? É Salto Bonito, vocês já entenderam.

O time inteiro de natação está no palco do salão do clube. Ao lado do time, estão o Érico e a prefeita, que faz um discurso emocionado. Eu faço parte do time, então também estou aqui.

— Foram muitos e muitos anos e investimento pessoal do Érico para a gente chegar até aqui.

Alguém da plateia interrompe a prefeita:

— E muita paciência nossa também. O time nunca tinha ganhado nada.

A prefeita Luzia não perde o rebolado. Ela ri enquanto fala.

— E muita paciência da cidade toda também.

Nesse momento, eu olho para a Linda, que está de braço enfaixado no canto do palco. Com o meu olhar, eu quero dizer: "A gente só chegou na final dos Jogos Regionais por minha causa".

Ela olha feio para mim. Um olhar gelado. Eu me arrepio e fico pensando que fui longe demais. Ou que me igualei a ela na maldade de vilã de filme infantil. Porque a Linda já está fora da final de qualquer jeito. E eu vou ter de nadar o *medley*. Enquanto o discurso da prefeita fica cada vez mais emocional, levando algumas meninas do time e o próprio treinador às lágrimas, eu penso no que vem pela frente. O *medley*.

Tudo bem, nesse ponto já está na hora de vocês saberem qual é o meu problema com essa modalidade. Com ou sem livro distópico, eu vou ter que contar por que fiquei tão apavorada quando o Érico fez a troca e agora sou eu que vou fazer a sequência borboleta-costas-peito-*crawl* na final dos Jogos Regionais. É simples. Ou complicado demais. Eu não consigo nadar borboleta. Nunca consegui. Eu faço a ondulação com as pernas perfeitamente, só que sem os braços. Ou também faço os movimentos de braço de um jeito lindo, saindo da água como só as atletas mais fortes sabem fazer, só que sem sincronizar com as pernas. Como eu virei campeã da natação sem aprender a nadar direito essa modalidade que é básica para quem passa tanto tempo na piscina? Com a conivência da treinadora Nisa, que me conhece desde os 7 anos de idade e só me inscreve nos campeonatos nas outras modalidades. Quase ninguém sabe disso, claro. Tipo, só eu e a Nisa. As colegas de time da minha cidade também nunca se atreveram a perguntar. Desde que eu seja a mais veloz no *crawl* e ganhe medalhas para o clube, está tudo certo. Na verdade, eu tenho certeza de que as meninas acham que eu moro dentro da piscina. Tipo uma sereia, só que sem cauda. Então, elas devem imaginar que nas minhas horas vagas eu fico lá, borboleteando de um lado para o outro.

A Nisa passou muito tempo da vida dela tentando dar corretivos de nado borboleta para mim, mas não adiantou. Foram meses, anos, infinitas horas na piscina tentando fazer a minha borboleta parecer algo mais do que um inseto tendo um ataque epilético, mas não deu certo. A minha treinadora vivia me dizendo que o problema era de ordem psicológica, que eu devia ver um profissional. Aham... *"Mãe, sabe o que é, eu não consigo nadar borboleta e por isso preciso de um psicólogo."* Não, isso nunca foi dito. Porque, na minha casa, quase nada é dito. Ou quase nada que me interesse. Borboleta não parece muito importante. Asma, sim.

Agora eu estou aqui, sem saber como falar para a cidade toda, que neste momento ovaciona o time de natação e atrapalha o fim do discurso da prefeita, que eu vou falhar com todos. Que a cidade não vai ter como ganhar o campeonato porque eu não sei e nem nunca soube nadar borboleta. A fala da prefeita termina e ela me coloca na fogueira.

— E agora, a responsável por tudo isso e certamente a nadadora que vai carregar o troféu dos Jogos Regionais em cima do pódio: Lola!

A prefeita me empurra para o foco de luz. Todos aplaudem. O barulho é gigantesco. As minhas pernas estão tremendo muito. O meu coração dispara. Eu procuro o Amor no meio da multidão e sei que, se conseguir trocar um ou dois olhares com ele, vou me acalmar. Está tudo bem entre a gente. Nesta tarde ele foi de mobilete me buscar no clube porque queria me apresentar o melhor misto-quente da região. O misto-quente que o seu Feijão faz. Ele me contou que a mãe está meio deprimida e por isso ele teve que ficar grudado com ela. Disfarcei como pude o desconforto que estava sentindo por causa da ausência repentina dele e fingi que não era a garota mais insegura do mundo. Não contei sobre o duelo com a Linda, a luxação no braço dela e o *medley*. Mas o fato é que, depois de cinco minutos ao lado dele, o resto vira resto. Os problemas desaparecem. O misto-quente com refri – sim, agora eu bebo refrigerante – foi o melhor almoço que tive nos últimos tempos. Mas a bebida parece ferver no meu estômago agora, as minhas pernas não param de balançar e eu não sei o que vou dizer. Como estou muda, a prefeita insiste.

– A cidade quer te ouvir, Lola. Quer ouvir a voz da campeã.

O foco de luz está bem nos meus olhos. Eu não consigo enxergar mais nada. Não consigo respirar. Eu não consigo te achar. De repente, um zumbido enorme no meu ouvido me deixa tonta. E enquanto a cidade toda espera a minha resposta, eu caio dura no chão na frente de todos eles.

Paparicada

Eu sei que é meio estranho o que vou contar e que vocês vão me achar mais maluca do que já devem estar me achando depois do desmaio no palco do clube. Mas vamos lá, eu já comecei a me abrir e acho que agora não tem mais jeito. Conto com a discrição de vocês. Estou na Santa Casa de Salto Bonito. Um hospital antigo, mas muito bem cuidado porque a Luzia parece ser mesmo uma política perfeita. Tipo a prefeita perfeita. Já fizeram todo tipo de exame comigo — sangue, raio X, urina — e não descobriram nada. A Mirtes, que é a médica de plantão, disse que eu estava com a pressão um pouco baixa quando cheguei e o desmaio deve ter acontecido por causa disso. Mas o esquisito é que estou adorando estar aqui. Todo mundo reclama de hospital. Falam mal da comida, do cheiro, das doenças. Mas eu, que não estou doente coisa nenhuma, nunca fui tão paparicada na vida e estou achando incrível ser cuidada desse jeito. Comida na bandeja. Visitas de pessoas da cidade que eu não conhecia. Bolos de fubá que foram assados de última hora para me confortar. Sabem como é, adolescente carente, né?

Eu acho que eu tive um piripaque de medo e foi só isso. Aquela luz me cegando, as pessoas querendo me ouvir, a história de ter de nadar borboleta. Não, eu não quero pensar nisso. Apagando essa ideia agora.

Com o desmaio, eu arranjei um problema novo para mim, porque a prefeita quer porque quer falar com a minha mãe e com o Marcos Jacaré a respeito do meu treco em cima do palco. Como eu não tenho nenhum adulto por perto, ela se sente responsável por mim. Eu tive que inventar que a minha mãe foi visitar uns amigos na praia, e ela fica tentando saber o sobrenome desses amigos para achar o número na lista telefônica de Santos. Eu disse que esqueci o sobrenome deles e ainda estou pensando qual vai ser a próxima desculpa. O Amor entra no quarto de novo.

– A Mirtes falou que daqui a pouco você já pode sair. Ela está só esperando o resultado de mais um exame.

– Eu não me incomodo de ficar mais um pouco aqui.

O Amor olha para mim de um jeito estranho. Do jeito que as pessoas normais olham para as meninas carentes que têm piripaques em cima do palco e adoram ser paparicadas em hospitais. Eu disfarço.

– É que esse travesseiro é *muito muito muito* animal. Olha que macio.

Eu dou uma travesseirada na cabeça dele no exato momento em que batem na porta. O Amor grita com a voz abafada pelo travesseiro:

– Entra!

E eles entram. O Érico, a Linda e a mãe dela, que parece uma Miss Universo. Está explicado de onde veio a beleza de novela da garota de maiô cavado. A mulher do meu treinador segura um vaso com um girassol nas mãos e é supersimpática.

– Finalmente eu te conheci pessoalmente. O Érico só fala de você.

Linda revira os olhos. Ninguém entende muito de psicologia nessa cidade. Elogiar uma rival da sua filha na frente dela? O Amor, que é um cara sensível e por isso tem esse apelido que eu mesma inventei, tenta começar uma conversa.

– A festa estava boa.

Linda rebate.

– Boa?! A sua namorada desmaiou.

Eu não sei o que dizer. Ninguém sabe. De repente, este quarto de hospital não parece assim tão confortável. O Érico quebra o silêncio.

– A Mirtes me mostrou todos os exames. Parece que foi só uma queda de pressão. Você está ótima. Vai poder nadar na final.

Eu engulo em seco. A Linda também.

Eu não entendo o que raios ela está fazendo aqui no quarto. Ou entendo. Os pais a obrigaram a fazer uma visita. Mas, assim como eu, ela também é uma adolescente. Uma adolescente ferida. A mãe da Linda resolve tomar uma atitude e acabar com esse climão.

– Eu acho melhor a gente deixar a Lola descansar.

Ela coloca o girassol em cima da mesa do hospital e puxa Linda pelos braços. O Érico chega perto de mim e sorri. Um sorriso que eu nunca tinha visto antes.

– Descansa agora. Eu te espero na piscina amanhã.

Eu me assusto. De uma hora para outra, percebi que aquele desmaio era a desculpa perfeita para eu me afastar do meu problema.

– Amanhã? Já?

– Claro. A médica te liberou. E já estamos atrasados. Você precisa começar a treinar o *medley*.

Eu nunca pensei que fosse pensar isso na vida, mas tudo o que eu menos queria agora era voltar para aquela piscina.

Humano,
demasiadamente humano

Já é de noite e estamos quase chegando na chácara. Fui liberada do hospital e o Amor queria me trazer de mobilete, mas a prefeita preferiu que eu viesse de carro. Estou chacoalhando na caravan marrom dela, ao lado da Zoraide e dos gatos. Sim, eles também passeiam de carro. Ao chegar no portão da chácara, damos de cara com milhões de pacotes de sal jogados na frente dele. Eu não entendo. Mas a Zoraide, sim.

— A cidade toda ficou sabendo que você desmaiou porque estava com a pressão baixa. Eles mandaram todo esse sal de presente para não deixar que nada de ruim te aconteça de novo.

A prefeita ri. Eu também. São muitos sacos de sal. Enquanto carregamos todos eles para dentro, Luzia insiste em um assunto que começou ainda na Santa Casa.

— Deixa pelo menos a Zoraide dormir aqui com você hoje, Lola. Eu vou ficar mais tranquila.

Zoraide pisca para mim. A minha amiga me entende. Ela sabe que o Amor está vindo para cá daqui a pouco.

– Mãe, está tudo certo. Com esse tanto de sal, a Lola não vai ter mais nada. E depois, nós já combinamos que, se ela sentir qualquer coisa, ela liga e a gente vem correndo para cá. Né, Lola?

– É, Zô. Mas obrigada pela preocupação, dona Luzia.

A prefeita sorri para mim.

– Luzia. E desde quando a gente agradece pela preocupação de alguém, menina?

Nós recolhemos todos os zilhões de pacotes de sal, a prefeita me pergunta se eu vou ficar bem mesmo, volta a pedir o nome dos amigos de minha mãe, eu falo que vou tentar lembrar e elas vão embora. Elas e os gatos. Porque, diferente de todos os outros gatos que conheço, eles não saíram para caçar ou explorar a chácara enquanto conversávamos. Eles ficaram lá, olhando os lindos olhos castanhos da minha amiga Zoraide.

Eu deito no sofá. Não se passam nem cinco minutos até que eu escuto o barulho da mobilete do meu namorado. Nós conversamos um pouco, fazemos uma panela gigantesca de macarrão instantâneo e ele insiste em colocar sal no nosso jantar. Muito sal. Depois, eu me jogo de novo no sofá. De algum jeito maluco, a presença do Amor não me acalma, porque eu não paro de pensar no que vou dizer para o Érico amanhã, quando ele me pedir para treinar o *medley*. Eu devo estar com uma cara preocupada, porque o meu namorado percebe.

– Você não vai falar por que está desse jeito?

– Eu não estou de jeito nenhum. É que amanhã tem treino, a final está chegando, a cidade toda vem fazendo a maior pressão.

Pela cara que faz, Amor não acredita muito na minha resposta. Ele vê que o Afonso, meu urso de pelúcia, está jogado em cima do pufe da sala. Em um movimento engraçado, pega o bichinho e finge enforcá-lo no fio da cortina velha e empoeirada da casa do meu tio.

– Vai, Lola. Eu te conheço. Você está esquisitona. Fala logo o que está acontecendo, senão eu enforco o seu amiguinho aqui.

Eu sei que parece uma coisa meio idiota, mas não acho nada engraçado enforcar um ursinho de pelúcia. Ainda mais o meu Afonso. O Amor aperta o laço que envolve o pescoço do urso e faz com que ele suba pelo fio da cortina.

– Para com isso. Não aconteceu nada. E solta o Afonso.

– Afonso? É esse o nome desse embolorado? Quer saber a verdade? Eu não gosto dele. Tenho ciúme porque ele dorme toda noite com você. E você tá meio grande pra ter um ursinho, não acha?

A brincadeira perdeu a graça. Na verdade, nunca teve graça. Eu levanto do sofá e pulo para pegar meu urso, em uma tentativa de resgate. Um resgate frustrado porque o Amor é mais rápido.

– Não, não acho. O Afonso é um hábito. Solta ele.

– Só se você me contar por que está tão estranha.

Eu faço uma cara feia.

– Solta ele, por favor. O Afonso é muito importante para mim.

– Só se você me der um beijo.

Eu dou um beijo meio sem graça nele, que finalmente joga o Afonso no chão. Fico aliviada.

– Obrigada.

– Obrigada, nada. A gente fez um trato.

Então, ele me beija de novo. Um beijo que começa bem devagar, mas que vai ficando forte. As mãos dele passeiam pelas minhas costas. Pelo meu cabelo. Ele para de me beijar e fica me olhando.

– Você é linda mesmo quando está esquisita.

Eu não me controlo.

– Linda?!

Eu o empurro com força. Ele cai no sofá. Ele me puxa e nos beijamos de novo. E de novo, e eu me esqueço do mundo. Ou de todas as coisas que têm me deixado tensa nas últimas horas. Mas acabo ficando nervosa porque, no meio do beijo que estava bom, ofegante e meio apressado, o Amor resolve colocar as mãos embaixo da minha blusa.

– Por favor, Amor. Não faz isso. Eu já te pedi.

– Desculpa. É que está tão bom.

– É. Mas agora já ficou tarde. Eu tenho treino amanhã. É melhor você ir.

Ele me beija mais uma vez. Mais uma vez nos empolgamos. Mais uma vez a mão dele vai parar onde eu não quero.

– Por favor, Gabriel. Quantos nãos eu vou ter que te dizer?

Meu namorado faz uma cara decepcionada e tenta me beijar de novo. Eu não deixo. Então, ele dá um tchau bem estranho e vai embora.

Eu fico aqui sozinha, pensando no que aconteceu. Vocês acabaram de descobrir o nome desse menino que eu passei os últimos dias idealizando como se ele fosse um daqueles personagens perfeitos dos tais "romances para as moças" de antigamente. Ele não é. A verdade é que o Gabriel é humano, como diria alguém que eu não me lembro bem quem é, demasiadamente humano. E, por isso, ele às vezes faz coisas bizarras como tentar enforcar o meu urso de pelúcia ou não respeitar quando eu digo que é hora de parar. Isso me entristece. Ainda mais porque ele não entende e fica estranho, como se o fato de eu ser dona do meu próprio corpo e das minhas vontades não fosse normal. Não é normal que ele não entenda isso. A verdade é que não sou o tipo de garota que tem medo de perder a virgindade. A real é que até o começo desse mês eu era o tipo de garota que só pensava nos treinos, nos meus livros e na lembrança que eu não tenho do meu pai. Mas os beijos do Gabriel são deliciosos. As mãos e a boca dele também. Só que com tudo que me aconteceu nas últimas horas, eu não posso desviar a minha atenção da borboleta. Porque eu dependo dela para ganhar aquele campeonato e não decepcionar a cidade inteira. Então, eu tenho que aprender a bater os braços juntos com minhas pernas. O mais rápido possível.

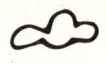

O efeito Lola

São 4h45 da manhã e eu já estou no clube tentando nadar borboleta. A piscina está gelada, mas isso nunca foi um problema para mim.

Eu começo esquentando com *crawl*. Seiscentos metros em muito pouco tempo. Sem parar para descansar, eu emendo a borboleta. Mas ela não sai, por mais que eu me esforce. Só que não dá para desistir agora. Então, eu tento me lembrar de todos os corretivos que a Nisa já me passou na vida. Embaixo da água, escuto meu coração acelerado. Borboleta é muito cansativo. Ou será que é meu nervosismo? Eu insisto e insisto e insisto. O barulho do meu coração é mais alto. A minha respiração ofegante também não me deixa raciocinar. Então, eu começo a me lembrar.

Eu estou na cama da minha casa. Pequena ainda, devo

ter por volta de 5 ou 6 anos de idade. A minha mãe apaga a luz do quarto e eu dou um grito alto. Um grito de pavor.

"*A luz! Deixa a luz acesa, mãe!*"

"*Não, Lola. Não dá para dormir de luz acesa, fica muito claro. Fica quietinha, você vai acordar o seu irmão.*"

"*Eu tenho medo. O papai pode vir me visitar.*"

"*A gente já falou sobre isso. O seu pai não vem mais. Ele está no céu. Esquece. Dorme.*"

"*Ele pode vir do céu, mãe. Como um anjo. Eu tenho medo.*"

"*Lolota, anjo ou não, seu pai nunca ia querer te assustar. Ele gostava tanto de você!*"

"*Por isso mesmo, mãe. Ele está com saudades. Deixa a luz acesa.*"

A minha mãe suspira fundo e sai do quarto. Sai do quarto e deixa a luz acesa. Eu agarro o Afonso bem forte e começo a fazer um tipo de cântico ou reza.

"*Pai, não precisa vir me ver. Está tudo bem aqui. Por favor, não vem. Está tudo bem.*"

Eu paro de nadar e fico embaixo da água, com pena da garotinha pequena e assustada que já fui um dia. Depois nado até a borda para tentar entender aquela lembrança e finalmente chorar. Eu preciso chorar. Tem um bolo gigantesco dentro da minha garganta. É muito mais do que um nó. É uma bola de ferro que quase me impede de respirar.

Quando eu coloco a cabeça para fora da água, percebo que algumas meninas do time já estão no clube. Não sei quanto tempo se passou desde que eu cheguei aqui, nadei a minha borboleta epilética e tive mais essa lembrança da minha "infância feliz". É como se eu perdesse a noção da realidade quando isso acontece. A Mariana chega perto de mim.

– Não vai ter treino hoje.

– Como é que você sabe?

– Tinha um bilhete do Érico no vestiário. Ele pegou alguma coisa no estômago. Falou para gente voltar amanhã.

Eu fico aliviada. Muito aliviada. Mas as meninas do time, não. A Mariana está com uma cara preocupada.

– Não é estranho isso? O Érico não faltou no treino nem quando estava com caxumba. Como é que agora, perto da final dos Jogos Regionais, ele falta por causa de uma dor de estômago?

De verdade, eu não me importo muito. Só estou aliviada porque joguei o meu problema para mais tarde. O choro não vem e a bola de ferro na minha garganta vai se dissipando aos poucos. A Ana Cristina, uma garota loira de cabelo comprido sem pontas duplas, chega perto da gente. Eu uso a escada da piscina para sair enquanto ela fala.

– Putz, é muito esquisito. Ele veio até o clube com dor de estômago? Por que não telefonou? Por que não pediu para a Rosa tocar o treino? E se a gente treinasse mesmo assim?

Eu já estou fora da piscina vestindo o meu roupão.

– Hoje não vai dar. Mas amanhã a gente volta.

Deixo as minhas colegas de time para trás, enfio o moletom em cima do maiô molhado mesmo e saio correndo para casa. No caminho eu me lembro que estou quase sem comida e paro no Mercadinho do Seu Feijão. Preciso economizar e escolher o que vou comprar, senão o dinheiro acaba e eu vou ter que contar a verdade para a minha mãe. Ou para todo mundo. Eu fico pensando nisso enquanto estou na fila para pagar. De um jeito ou de outro, parece que estou vivendo muitas mentiras. Uma atrás da outra. A fila está grande porque o seu Feijão vende pão fresquinho que ele mesmo faz. É incrível, um cara que chama seu Feijão e que sabe fazer pão. Chega a minha vez de pagar, mas eu estou distraída. Então, uma voz familiar me desperta.

– Agora sim o meu dia começou.

O Gabriel já está no caixa. O que é estranho, porque ele não entra tão cedo no trabalho. Ele sorri, aquele sorriso que vocês já sabem o efeito que tem, e me explica:

– O seu Feijão teve que ir para Salto Pequeno comprar mais farinha.

Eu olho bem nos olhos dele. Gabriel fala baixinho:

– Desculpa por ontem? Às vezes não consigo me segurar. É o efeito Lola.

Acho bizarra essa coisa de efeito Lola, como se alguém da nossa idade não fosse capaz de se controlar. Mas faço um sinal com a cabeça. Não quero atrapalhar a fila atrás de mim, então vou embora com os meus pães frescos no saquinho.

Foi só isso que comprei, vou comer pão puro para economizar. O Gabriel grita do caixa.

— De noite eu passo na sua casa. Hoje eu te tiro de lá, nem que seja à força!

Eu voltei para a casa, comi meu pão, mas não consegui ficar por lá. Muita coisa acontecendo na minha vida e dentro da minha cabeça. As tais mentiras. As lembranças, a minha vontade de chorar.

Então, eu vim para casa da Zoraide e agora estamos trancadas no quarto dela rindo muito. O que foi bom. Não, na verdade foi ótimo. Primeiro porque daqui a pouco vai rolar o almoço e eu vou comer uma comida de verdade feita pelo primeiro-damo. Depois, porque o quarto da minha amiga é incrível. Não é como qualquer quarto clichê de adolescentes, desses que a gente vê em filmes, bagunçados, com muitos pôsteres pendurados, quadros de cortiça com fotos, mochilas e tênis no chão. O lugar em que a minha amiga dorme é diferente. As paredes são todinhas desenhadas por ela. Desenhadas, pichadas, com coisas coladas. São frases, memórias, palavras, pedaços de roupas. É quase como aquelas agendas cheias de lembrança, só que são paredes. Nelas encontrei até um mapa de Salto Bonito desenhado por ela – com um cavalinho sendo abduzido no Disco Porto! A Zoraide dorme em uma cama alta, uma espécie de beliche, mas não tem a cama de baixo e sim um lugar com almofadas espalhadas e livros. Na porta do armário tem aquelas marcas de crescimento que os pais dela fizeram enquanto a minha amiga espichava. E ela espichou muito. Acho que não disse ainda, mas a minha amiga é alta. Muito alta.

Nós estamos rindo sem parar porque passamos trotes nas casas das pessoas. Nem foram trotes tão engraçados assim. As pessoas atenderam o telefone e nós fizemos uns barulhos estranhos com a boca. Depois desligamos na cara delas e rimos sem parar. Ainda estamos rindo. Bobo, eu sei. Mas somos adolescentes em férias sem nada pra fazer, sabem como é.

Cachorro sem noção

Estamos no Disco Porto deitados em cima de um cobertor. O céu tapete estrelado está mais tapete estrelado do que nunca. Eu fico tentando contar as estrelas para me distrair dos pensamentos que não param de me incomodar. Mas, aparentemente, o Gabriel está incomodado com o meu silêncio.

— Se eu deixar, a gente passa a noite toda assim.

— Assim como?

— Assim sem falar nada. Vai, fala logo, Lola. O que está acontecendo com você?

Eu me levanto e fico com os pés descalços na grama molhada. A sensação não é ruim. Mas a minha resposta não parece muito boa.

— Está tudo bem, Biel. Eu só estou preocupada com o treino de amanhã, vai ser ainda mais cedo porque o Érico faltou hoje. Você insistiu pra gente vir para cá, mas eu tô encanada mesmo. Vamos embora? Eu realmente preciso acordar cedo.

Ele não me responde. Só me beija. Daquele tipo de beijo que não parece ter hora para acabar. Nós dois acabamos deitados de novo em cima do cobertor. Ele olha bem dentro dos meus olhos, como se quisesse tirar de dentro de mim tudo aquilo que ele sabe que eu estou sentindo, ainda que não entenda a razão. O medo do escuro. A solidão. A vontade de chorar que ficou presa como uma bola de ferro dentro da minha garganta. As lembranças, as mentiras, todas as mentiras. Eu encaro o olhar dele e sorrio. Nós nos beijamos de novo e, de repente, já estamos sem blusa. Os dois. Sem blusa e sem nenhum tipo de pensamento que possa atrapalhar esse momento. Porque agora eu decidi me deixar levar. Sou ou não sou uma adolescente? Eu poderia dizer que não vou contar o que acontece logo em seguida, porque sigo preocupada com a minha privacidade. Mas não é o caso. Porque o que acontece logo em seguida é estranho demais. O tipo de coisa bizarra que só acontece aqui em Salto Bonito. Um cachorro aparece do nada, entra no meio da gente e começa a latir. A latir não, a uivar! Eu levo um susto enorme. Mas o Gabriel não consegue disfarçar a contrariedade.

— Cachorro sem noção!

Eu dou a minha gargalhada alta e sincera enquanto vou vestindo a blusa de volta. O Gabriel percebe meu movimento e tenta me impedir.

— Não. Não... Finge que nada disso aconteceu. Finge que esse cachorro intrometido não apareceu para estragar tudo.

— Tudo bem, Biel. Deixa para lá. Acho que o momento passou. De repente, depois da final, quem sabe...

– Depois da final as suas férias acabam e você vai embora.

Essa é mais uma das tantas verdades em que eu não posso nem quero pensar. O cachorro se foi, acho que se encheu da nossa onda casal apaixonado. Biel veste a blusa dele e eu fico mais uma vez com a cara mais estranha do mundo.

– Ah, não. Ficou triste e estranha de novo? Não. Esquece. Vem cá.

Nós deitamos mais uma vez. Agora eu estou com a cabeça no peito dele. Ouvir a respiração lenta do Gabriel é muito bom. Queria ouvir isso para sempre. Ele começa a cantar baixinho para espantar a minha tristeza. Acho que a tristeza dele também. Não é a música do meu pai. É uma outra que eu não conhecia. O sono vem chegando, chegando.

Eu acordo com o sol batendo na minha cara. Olho para o lado, vejo o meu namorado dormindo desmaiado e penso que o treino deve ter começado faz tempo. *Meudeusdocéu*, como foi que a gente acabou dormindo aqui em cima dessa grama? Eu vou chegar totalmente atrasada no clube e o treinador vai me odiar por causa do atraso. Ele detesta atraso. Isso sem falar no *medley*. Eu chacoalho o meu namorado de um lado para o outro, mas ele não acorda. Tento várias vezes, mas o Gabriel parece morto. Então, eu faço o que qualquer pessoa desesperada na minha situação faria: pego a mobilete dele e vou voando até a Piscina Municipal.

Quando coloco os pés na piscina, o Érico chega quase rosnando em cima de mim. Ele não parece nada doente.

– Algumas horas depois.

– Eu me troco em um minuto, Érico.

– Um minuto? E aprende a nadar borboleta em cinco minutos também. Promete?

O meu coração para. Ele sabe. Será que sempre soube?

– Eu vim para o clube mais cedo ontem e te vi tentando nadar borboleta. Sinceramente, não sei como alguém como você não consegue coordenar os movimentos. Isso é básico, Lola.

– Eu sei. A minha treinadora também sabe. Ela sempre me disse que é psicológico, que se eu parar de pensar e relaxar...

– Psicologia? Não tem frescura de psicologia barata nenhuma. Ou você aprende a nadar isso em cinco minutos ou vai decepcionar a cidade toda. Tá na sua mão.

Eu devo estar branca feito um papel. As meninas do time percebem que alguma coisa maior está acontecendo e olham a cena. Eu não sei o que dizer. Eu não sei chorar. Então olho para o treinador, que parece até mais desesperado do que eu, e falo a única coisa que sai de dentro de mim.

– Me ajuda? Por favor?

Érico assente com a cabeça. Tem muita coisa em jogo

para ele também. A final do campeonato em que ele perdeu a noiva e o troféu. Uma vida toda de treinos. Até que a esperança dele aparece. A arma secreta. Que não é arma coisa nenhuma, porque não sabe sincronizar braços e pernas em um simples nado borboleta. Ele me pede para vir muito mais cedo para o treino amanhã e me manda para a piscina.

Na saída do clube eu encontro o Gabriel. Com a mesma roupa da noite passada e a cara de poucos amigos. Ele olha para mim de um jeito estranho.

– Então, você está aí? Eu acordei preocupado. Você não estava lá, a mobilete também não.

Eu não sei muito como responder. Mas fico louca da vida com o tom dele.

– Foi você que insistiu pra gente ir até aquele lugar longe. Eu atrasei para o treino. Peguei a mobilete para chegar mais rápido.

– Pegou a mobilete e me deixou dormindo? Você sabe o que eu pensei quando acordei e não te vi? Por que você não me chamou?

– Eu tentei, Gabriel. Eu juro que tentei.

Ele fica olhando para a minha cara, aparentemente sem saber o que dizer. Mas a Linda sabe. Sim, a Linda. Que aparece mais linda do que nunca e sempre nos momentos mais errados. Ela deve ter vindo visitar o time. Está com a mão enfaixada e um vestido tubinho que deixa o corpo musculoso dela parecendo uma salsicha enlatada. É o que eu acho.

– Que cena mais baixo-astral para esse horário, gente.

Ela fala isso, dá uma gargalhada e sai andando. O Gabriel continua com um cara brava.

– A Linda tem razão. O susto que você me deu foi baixo-astral total. Eu tô tremendo até agora, Lola.

Não sei exatamente o que estou sentindo, mas o fato de ele concordar com a Linda me enlouquece. Então, eu falo sem pensar.

– Fica longe de mim, Gabriel. Eu preciso me concentrar para os treinos, a final está chegando.

Ele olha bem fundo nos meus olhos e responde com uma voz indiferente.

– Tá bom. Assim eu não tenho surpresas estranhas como essa que tive agora de manhã. Tchau, Lola.

Ele pega a mobilete que estava parada no portão e sai em disparada. Eu fico paralisada como se estivesse com cimento nos pés. Eu não sei andar. Eu não sei mais respirar. Eu não acredito no que acabei de fazer. E só consigo pensar em uma coisa que não me sai da cabeça: sempre chega a hora em que alguém vai embora.

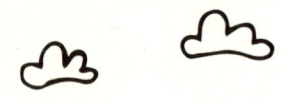

Vazia

Faz cinco dias que estou parada ao lado do telefone, mas ele não toca. Quase nunca. Ontem ele tocou e era a minha mãe querendo saber das novidades daqui. Eu menti que estava jogando muito buraco com o meu tio. Ela não me perguntou mais dele, o que pode parecer estranho, mas na verdade não é. Os dois são muito diferentes. Meu tio é um sujeito livre que passa a vida toda viajando e rindo. A minha mãe, vocês já entenderam. Ou não, mas é difícil até de explicar. Eles não têm e nunca tiveram nada em comum. Na conversa, ela me contou sobre um filme alemão que viu e que a fez se lembrar de mim. Mas isso não importa agora. De verdade, quase mais nada importa agora.

Eu passei os últimos dias esperando o telefone tocar. Indo até o portão para ver se ele estava lá. Mas ele nunca estava. Os bambus rangendo à noite voltaram a me incomodar e agora a música do meu pai e o Afonso parecem não fazer mais tanta diferença assim. O livro *Feliz Ano Velho* também não. É, acho que não dormi nada bem nas últimas noites. Se é que eu consegui dormir alguma coisa.

Eu estou indo para o treino solo com o Érico. Ele me faz chegar às 5h30 da madrugada no clube e tenta, de todas as maneiras que pode, me ajudar a nadar borboleta. Mas nunca dá certo.

O sol nem apareceu ainda e eu visto o meu maiô sem muita empolgação. É que estou sentindo uma dor horrorosa no corpo e vontade de vomitar. Nunca na minha vida eu tinha me sentido assim. Tão estranha, vazia, quase como se estivesse morta. E olha que eu ainda não suspirei de alegria e nem pude falar de assuntos bobos como pontas duplas nos meus cabelos estragados de cloro. Porque nada até aqui foi fácil. Eu tive que ser forte. Muito forte. Mas, agora, tudo isso acabou porque o Gabriel foi embora e eu estou sentindo uma fraqueza desesperadora. Não parei de pensar nele nem por um minuto desde o dia em que brigamos. Claro que eu sei que não foi a coisa mais legal do mundo eu ter saído do Disco Porto com a mobilete dele, e depois ainda ter pedido para que ele ficasse longe de mim. Mas eu estava me sentindo muito acuada. A verdade é que eu não tenho experiência nenhuma com esses assuntos de amor e ele poderia ter sido mais compreensivo. Mesmo não sabendo ou não entendendo nada do que está acontecendo comigo. Será que ele também não sente saudades? Por que não me procurou até agora? Eu não tenho forças nem coragem para ir atrás dele. O máximo que fiz foi usar o telefone do meu tio para ligar na casa dele algumas vezes e, de novo, bater o telefone na cara de quem atendesse. Eu sei que isso é feio. Mas não tem nada de bonito à minha volta agora. Para meu azar, a Zoraide foi viajar com a família para a praia. A prefeita não queria mais ir por causa da expectativa que a cidade toda está com a final dos Jogos Regionais, mas o hotel já estava pago. Então, eles foram embora, como todo mundo sempre vai. Eu não quero pensar nessa tal final. Eu não quero pensar em nada.

Chego no clube, tiro o moletom e escuto as instruções do Érico. Ou finjo que escuto.

— E aí você faz os dois movimentos juntos como eu te ensinei.

Eu não respondo. Olho para o portão da piscina e lembro do dia em que eu e o Gabriel nos esbarramos pela primeira vez. Ele deixou cair um galão de água no chão. A minha roupa estava encharcada. Ele sorriu para mim. O grito do Érico me assusta.

— Vai, Lola. Acorda e faz o que eu te pedi. É para nadar BORBOLETA. BORBOLETA. Isso é TUDO que você tem que pensar daqui pra frente.

Eu respiro fundo, pulo na piscina e começo a ondular. Sei que não está perfeito, mas tenho que insistir. A minha primeira saída da água foi muito boa. Pelo menos é o que eu acho. Não sei se o movimento está certo, mas nado cada vez mais rápido. Nado e confundo a minha respiração com a de uma criança ruiva, pequena e fofa, que deve ter uns 3 anos de idade. Não, as lembranças não me abandonaram. Eu não me sinto mais tão forte nem aqui embaixo da água, o lugar onde fui mais feliz desde que me entendo por gente. Mas as minhas memórias de infância parecem estar voltando pouco a pouco enquanto eu tento nadar como uma borboleta.

Eu uso um vestido de papel com mangas bufantes e saia rodada. Ao meu lado estão duas bonecas despenteadas e com aquela maquiagem tosca de canetinha que as crianças costumam fazer nos rostos de suas bonecas. Catarina fuma um cigarro e anda de um lado para o outro.

"*De novo, mãe.*"

"*Mas eu já li de novo e de novo, Lola.*"

"*Por favor. Mais uma vez.*"

A minha mãe vira os olhos e sorri. É um sorriso triste. Mas ainda assim, é um sorriso.

"*Tá bom. Só mais uma vez. Eu vou ler só a última parte.*"

A minha mãe abre um papel de carta fino que está meio amassado e escrito em caneta preta e lê.

"*Hoje eu vi uma menina na rua fazendo um boneco de neve.*"

"*Essa não é a voz do papai!*"

"*Não, Lola. Essa é a voz da mamãe. Sou eu que estou lendo para você. O seu pai está viajando. Por isso essa carta.*"

Eu faço um bico triste com a boca. A minha mãe revira os olhos de novo, dá um trago em seu cigarro e recomeça a ler a carta que, pelo jeito, era uma carta do meu pai. Agora ela tenta imitar a voz de um homem.

"*Hoje eu vi uma menina pequena na rua fazendo um boneco de neve. Ela era linda, mas não tão linda como você, Lolota Bolota. Eu estou com muitas saudades, viu? E chego no dia da sua festa. Mas já mando esse vestido para você rodar, rodar, rodar e não esquecer que é e sempre vai ser a menina mais linda do mundo. Pelo menos para mim.*"

Enquanto a minha mãe lê o resto da carta, eu fico ali na sala girando para o vestido parecer cada vez mais rodado e repetindo as últimas palavras escritas na carta do meu pai.

"*A menina mais linda do mundo. A menina mais linda do mundo.*"

E eu pagando pelos erros
que nem sei se cometi

Estou sentada na porteira da chácara tentando comer alguma coisa e olhando para o céu de Salto Bonito. Pela primeira vez desde o começo das férias, não tem estrelas. Está tudo escuro, cheio de nuvens, quase assustador. O frio também não deu trégua nesses dias, e os poucos casacos que eu trouxe já estão fedidos de tanto uso.

Não consegui melhorar muito a minha borboleta hoje de manhã e a final já está chegando, já que o tempo não para de passar. Não muito rápido como foi no começo das férias porque agora, além de tentar nadar o estilo que não consigo, a única coisa que faço é ficar sentada ao lado do telefone esperando o Gabriel ligar. E, então, o tempo demora para passar.

A verdade é que a lembrança que tive da carta do meu pai hoje cedo teve um efeito estranho sobre mim. Foi uma lembrança feliz e amorosa. Um pedaço da minha infância que não estava muito bem registrado na minha cabeça, mas que me pareceu leve. Não tinha medo do escuro, fantasmas ou tristezas. Era quase como se a minha família fosse divertida e querida como a família da Zoraide. Pensando nisso, eu pulo da porteira e começo a girar como a garotinha ruiva do vestido de papel.

"*A menina mais linda do mundo. A menina mais linda do mundo.*"

Eu fico alguns minutos fazendo isso, até ficar zonza de tanto girar. Depois caio na grama molhada de orvalho e me sinto corajosa pela primeira vez desde que briguei com o meu amor. Corajosa e linda, embora eu não goste muito desse adjetivo. Porque ele é o nome daquela pessoa verdadeiramente linda e estranha que me colocou nessa enrascada de ter de nadar o *medley*. Mas dessa vez eu não vou deixar ela me atrapalhar.

Eu saio correndo sem nem trancar a porta da casa do meu tio, que eu já estou sentindo que é um pouco a minha casa também. Mas não tem problema, porque Salto Bonito é supersegura e os ladrões daqui só roubam estátuas de sapo. Para onde estou indo? Pelo tanto que eu corro, vocês podem imaginar. Sim, eu vou até o Mercadinho do Seu Feijão falar com o meu namorado. Ou ex-namorado, não importa muito. Corro muito rápido para não perder a coragem que tomei depois de rodar, rodar, rodar e ouvir de mim mesma que sou a menina mais linda do mundo. Se eu sou tão linda assim, também devo ser forte o suficiente para olhar na cara dele, pedir desculpas pelo lance da outra noite e dizer que estou morrendo de saudades. Amor, eu estou morrendo de saudades. *Amor, eu estou morrendo de saudades. Morrendo de saudades.* Vou me sentir totalmente adulta falando esse tipo de coisa.

Eu chego quase sem ar ao supermercado e dou de cara com a outra menina, aquela que é verdadeiramente linda, usa um maiô cavado e tem os dentes mais brancos do mundo. A Linda está se aproximando da loja enquanto o meu ex-namorado fecha a porta de ferro do estabelecimento. Não sei por que eu faço isso, mas decido me esconder. Acho que não estou preparada para enfrentar essa menina mais uma vez depois dos últimos dias. Eu fico abaixada atrás de uma variant verde-limão e tento controlar a minha respiração ofegante da corrida enquanto eles conversam.

– Oi, sumido.

– Oi, Linda.

– Você não vai na fogueira hoje?

– Não. Não tô a fim.

– Vai, Gabriel. Já tá na hora de você sair, esquecer essa menina e fazer outras coisas.

– Eu sei. Mas hoje não.

Linda sorri para ele, que parece triste. Então, a cidade toda já sabe que brigamos e o Gabriel também tem saudades de mim? Eu penso em sair do meu esconderijo de um jeito natural e ir correndo beijar o meu namorado, mas a conversa entre eles continua.

– Faz um favor, então? Me dá uma carona para casa? O treinador anda estranho, eu não quero chegar tarde.

– Ué, você não vai na fogueira?

– Desencanei.

O Gabriel pega a mobilete que estava apoiada na parede do supermercado.

– Vem, pode subir.

Os dois saem sacolejando pelas ruas de paralelepípedo e a minha vista embaça. Eu conheço essa cena. Eu já estive naquele banco. *Eu* deveria estar naquele banco. Vim correndo da chácara para me sentar de novo naquele banco.

Eu não sei muito bem o que fazer agora. Olho para o chão da cidade que adotei como se fosse minha e os paralelepípedos ficam ainda mais embaçados. Será que são as lágrimas que finalmente vão chegar? Eu não posso voltar para a chácara, porque sei que não vou dormir nunca mais. Não quero ir para a piscina, que sempre foi o meu refúgio mais seguro, porque vou me lembrar da final dos Jogos Regionais e essa lembrança não me soa nada segura agora. Eu só quero chorar e não consigo. Então, começo a correr de novo. Eu corro sem direção e sem sentir nada. São os meus pés que estão me levando.

Eles me trouxeram até o Disco Porto. Um lugar cheio de lembranças recentes e confusas. E também cheio de adolescentes. É aqui que a galerinha da cidade também faz fogueira e espera ver ET. Eu vejo algumas caras conhecidas e não cumprimento ninguém. Eles tocam violões desafinados e tomam bebidas em copos plásticos. Eu fico de pé, sem saber exatamente o que estou fazendo aqui. O tempo passa. Demora para passar, mas passa. Ninguém fala comigo, o que é um conforto. Quando estão em bando os adolescentes se esquecem das loucuras da cidade e não veneram a nadadora forasteira que chegou para ganhar o campeonato de natação. Muito pelo contrário, eles me ignoram.

Carlito, o sobrinho da prefeita que hoje está sem bandana, me cumprimenta com um beijo na bochecha. Depois, estende a mão para mim e me leva para uma clareira. Sim, eu me deixo ser levada porque não sou mais dona dos meus movimentos. Desde que parei de correr, eu só penso na cena da Linda em cima daquela mobilete. Enquanto eu me lembro disso e me torturo mais e mais, o Carlito me beija na boca. Eu beijo de volta, com raiva do Gabriel, da Linda e também de mim mesma. O beijo é apressado, violento, ruim e áspero. Sem que eu me dê conta, já não é mais só um beijo. Porque agora eu estou de sutiã no meio da clareira, me agarrando com um menino que detesto, com raiva dele, de mim, do Gabriel, da Linda, do Érico, da minha mãe, do meu tio, do Raul e de todo o resto do mundo. O céu está escuro. Trovões fazem a pior sonoplastia possível para o nosso beijo áspero. Até que uma voz muito alta e muito dolorida interrompe o que não era para ter acontecido de jeito nenhum.

— Então, é assim que você quer se concentrar para a final, Lola?

É o Gabriel. Com os olhos cheios de lágrimas e dor. Eu caio no chão com meu sutiã à mostra e não sei o que responder. A voz não sai. O Carlito dá um sorriso estúpido e vai embora.

— Foi mal, hein? Eu já tô saindo, sei bem a hora de sair.

O Gabriel nem responde para ele. O Carlito pouco importa. Ele olha para mim com o olhar mais triste e decepcionado que eu já vi na vida e grita. Um grito alto e desesperado.

– Nunca mais olha na minha cara, tá?!

– Não, Gabriel. Eu...

– Você, nada. Para mim agora você não é mais nada. Pode ficar com o Carlito, com aquele seu ursinho sujo e esfarrapado ou com quem você quiser.

Eu me levanto da grama e tento me aproximar dele, que sai correndo. Correndo e chorando.

– Me esquece.

As últimas palavras do Gabriel não saem da minha cabeça. Ele foi embora e me deixou aqui sozinha. Sempre tem a hora em que alguém vai embora. O céu se fecha ainda mais e a chuva aparece. Forte, barulhenta, impiedosa. Eu passo pelos adolescentes que entram apressados nos carros e vou andando sozinha para a chácara. Devagar e robótica. É como se eu fosse cada vez menos dona dos meus movimentos. Evito pensar no que aconteceu. Eu quero esquecer. A bola de ferro volta a aparecer na minha garganta. Ela queima feito arame farpado. Eu ando enquanto carrego essa dor comigo. Eu quero esquecer. Me esquece. Eu vou esquecer.

Não sei quanto tempo demorei para chegar até aqui. Não sei de mais nada. Só não quero entrar na casa do meu tio e passar a noite sozinha e assustada tentando não me lembrar. Das lembranças que não são minhas e das que eu não quero reviver.

Quando eu finalmente abro a porteira, tenho uma surpresa. Os gatos da minha amiga Zoraide estão parados na frente da chácara esperando por mim. Eles me olham, entram em casa comigo e me acompanham até o quarto. De novo, não sei quem foi que disse que os gatos não têm expressões ou sentimentos. Porque os bichinhos da Zoraide olham para mim com aquela cara de quem está entendendo tudo. Parece que eles estão querendo me dizer que esse tipo de crise acontece com qualquer menina de 15 anos de idade que se apaixona e se decepciona pela primeira vez na vida. Eu também não sei por que e como eles resolveram aparecer no momento em que eu mais precisava, mas fico pensando que isso é coisa da minha amiga, porque amigo que é amigo, mesmo estando longe, sabe o que o outro está sentindo. Ou essa é mais uma entre tantas outras coisas malucas e diferentes que acontecem aqui nessa cidade. Não me importa muito. Na verdade, não me importa nada. Enquanto estou deitada na minha cama, eles me olham com a cara mais fofa do mundo e eu faço o que deveria ter feito de novo e muitas outras vezes depois de 2 de setembro de mil novecentos e setenta e nove. Eu choro.

Eu queria que você estivesse aqui

O ônibus demora para sair da cidade. Ele passa em todos os bairros e anda devagar por causa das lombadas. Nas paredes e muros das casas tem pôsteres com a foto do time de natação que tiramos na última prova. Alguns deles estão acompanhados da frase: "Nada, Lola. Nada!". Eu fecho as cortinas da janela. Não quero mais ver essas fotos.

A menina que está sentada ao meu lado não para de olhar para a minha cara, como se me reconhecesse. Eu fico com medo de ela perguntar alguma coisa, mas logo o bebê careca que ela carrega nos braços começa a chorar, então ela se ocupa de outra coisa.

Estou voltando para a minha casa. Gastei minhas últimas economias com a passagem e vim sem avisar ninguém. Na verdade, a única pessoa para a qual eu queria contar tudo que aconteceu e falar sobre essa minha fuga é a Zoraide. Mas ela também não está aqui. Sempre tem e sempre vai ter a hora em que alguém vai embora.

Eu não tenho mais o que fazer em Salto Bonito. O Gabriel

me odeia. A borboleta não sai e eu não tenho por que passar pelo mico de deixar a cidade toda acreditar que eu posso ganhar o campeonato para eles. Eu não posso. Não posso mais nada agora. Quase nada. Porque, na verdade, eu aprendi a chorar. Um choro quase tão alto e sentido como o choro do bebê careca da mãe adolescente que está sentada ao meu lado. Choramos os dois. Os passageiros do ônibus não devem acreditar no azar que tiveram.

Depois de mais de vinte minutos de choro alto e convulsivo, eu durmo. Um sono que também devia estar entalado dentro de mim. Quando acordo, toda babada, inchada e descabelada, o ônibus já está estacionando na rodoviária da minha cidade. A moça e o bebê não estão mais sentados ao meu lado. Eu olho pela janela dessa cidade cinza e movimentada e me pergunto o que estou fazendo aqui. O motorista grita comigo:

– Ô mocinha, desce logo, o ônibus volta para Salto Bonito em meia hora!

Quando chego em casa, depois de mais de quarenta minutos de metrô e ônibus, a minha mãe e o Gabriel não ficam muito surpresos com a minha presença. Parece que os dois já tinham apostado que eu não conseguiria passar as férias inteiras em uma cidade tão pequena como Salto Bonito. Por isso eles não me perguntam nada. E a minha casa continua sendo a mesma de sempre. Um lugar triste e silencioso, cheio de segredos bem guardados e bombinhas para asma espalhadas por todos os cantos.

Estar aqui agora é ainda mais estranho. Depois da minha temporada em Salto Bonito, a sensação de não pertencimento que eu tenho com essa cidade, essa casa e essa família é ainda maior. Está na hora do jantar. Eu olho para o bife à milanesa que tem no meu prato e ele parece ainda mais triste e chateado do que eu. A minha mãe me olha com o canto dos olhos e tenta me perguntar alguma coisa, que eu não entendo e não respondo. Então ela faz o de sempre: abre um sorriso para o meu irmão e fica absolutamente confortável e entretida com uma conversa banal com ele.

Dois dias se arrastam sem que nada aconteça. Eu me tranco no quarto e tento não pensar em nada. Mas não tenho muita sorte com isso. Porque, assim que consigo me afastar da minha mãe e do meu irmão, o Gabriel aparece. Não, o Amor aparece. *O Amor aparece*. Na verdade, vem a lembrança de tudo que aconteceu comigo desde o momento em que esbarrei com aquele menino na saída do clube.

Eu coloco a fita do meu pai e tento me concentrar na música que ele fez pra mim para espantar os pensamentos com esse menino, mas não adianta nada. Eu tento ver algum filme, mas eles me parecem idiotas demais. Não consigo me concentrar nos livros, e olha que tenho uma pilha deles. *As Brumas de Avalon; Eu, Christiane F.; Complexo de Cinderela.* Escuto a música mais triste do mundo, Pink Floyd, *I wish you were here*, e me lembro da noite em que eu ainda não a conhecia e o Gabriel assobiou um trecho dela para espantar a minha tristeza. A tristeza me domina agora. Eu tenho 15 anos de idade e estou com um buraco enorme dentro do peito. Um buraco que nunca mais vai fechar. Um buraco que toma conta de mim e me faz ir cada vez mais e mais fundo. Eu enterro a cabeça no travesseiro agora, penso que preferia estar morta do que sentir o vazio que estou sentindo. *Queria que você estivesse aqui.*

Prisão perpétua

São 3 horas da tarde e o telefone toca nessa casa que não tem cheiro de comida nas panelas, marcas de crescimento na parede nem manchas de brincadeiras das crianças no sofá. Eu devo ter dormido mil e duzentas horas, porque meu corpo está pesado e a cabeça dói. De repente, escuto a voz do meu irmão, que atende o telefone do corredor.

– Sim. A Lola mora aqui, sim. Treinador? De onde?

Meu coração dispara. Eu me levanto em um pulo, corro até meu irmão e faço sinal para ele mentir para mim, mesmo sabendo que ele não vai fazer isso. Nós dois nunca tivemos esse tipo de empatia ou intimidade. Ou qualquer outro tipo de relação que irmãos normais têm. Mas eu não posso arriscar. Então ele me surpreende.

– Não, a Lola não está aqui, não. Não sei, não tenho ideia. Minha mãe também não. Tá, pode deixar. Eu falo, sim. Eu dou o recado.

Alívio. Ele mentiu por mim.

– Era o técnico de um time de natação de Salto Bonito.

Eu finjo que não é importante e vou entrando no meu quarto. Eu não dei o telefone aqui de casa para o Érico e não tenho a menor ideia de como ele conseguiu nosso número.

– Eu sei. Valeu mesmo, Raul.

A minha mãe aparece no corredor e pega a gente no pulo. Ela devia estar bem feliz por ter presenciado um dos primeiros momentos de cumplicidade entre irmãos que aconteceu dentro dessa família. Mas pela cara que a Catarina faz, ela está mais para irritada.

– Você mentiu, Raul? Você pediu para ele mentir, Lola? Quem era esse cara?

Raul sai do corredor rindo e não responde para a minha mãe. Eu respiro fundo. Reviro os olhos. E decido que não tenho mais nada a perder. Nada mesmo.

– Era o técnico de natação de Salto Bonito. Eu entrei para o time deles, mas não queria que ele soubesse que estou aqui. Eu menti, sim. Menti muito. Muito mais. O tio Marcos está viajando e eu estava sozinha esse tempo todo. SOZINHA.

Eu não sei decifrar a cara da Catarina nesse momento. Ela parece mais chocada do que brava.

– Viajando? Viajando pra onde?

– Eu não sei. Sei lá, mãe. Pantanal, Jalapão. Tanto faz.

Eu olho para a cara da minha mãe com uma expressão desafiadora. Como uma adolescente carente, apaixonada, rejeitada e rebelde que está pedindo limites.

– E agora?! – finalizo.

Ela responde à altura.

— Agora você vai me contar o resto da história. E depois vai ficar de castigo para o resto da vida.

— Como se isso tudo, essa casa, já não fosse um castigo. Uma prisão perpétua.

Entro correndo no meu quarto e bato a porta. A minha mãe deve ter ficado tão chocada com a resposta que me deixa em paz. Mas a paz dura pouco. O tempo de ela fazer uma banana amassada pra mim e bater à porta. Eu abro. Não por causa da banana amassada, apesar de ter me espantado com esse gesto de carinho. Mas porque a Catarina insistiu em conversar. E conversar com a minha mãe é uma coisa meio inédita pra mim.

— Tá pronta, Lola?

— Pra quê?

— Para me contar o que aconteceu.

— Não aconteceu nada.

— Nada, Lola? Você voltou sem avisar, mentiu que estava com seu tio e ficou sozinha esse tempo todo e não para de chorar. Sim, eu escutei seu choro ontem à noite. Você nunca chorou, filha. Só quando era pequena e seu...

— Meu...?

A minha mãe interrompe a frase. Eu começo a chorar de novo. Impressionante a facilidade com que as lágrimas saem de dentro de mim agora. Eu faço uma coisa que nunca tinha feito antes. Eu deito no colo da minha mãe enquanto choro. É claro que ela fica sem graça e não tem a menor ideia do que fazer com esse meu gesto. Então eu falo.

– Aconteceu tanta coisa, mãe. Eu nem sei por onde começar.

– Começa do começo.

O meu choro aumenta. Catarina definitivamente não é do tipo que come algodão-doce, abraça as pessoas e faz cafuné em cabeça de filho. Mas de algum jeito ela parece disposta a ouvir. Eu não consigo falar nada por causa das lágrimas. O meu queixo treme. De repente, ouvimos um barulho enorme vindo do quarto do meu irmão. Alguma coisa caiu ou quebrou por lá. A minha mãe se assusta e dá um pulo de medo. Depois, parece se lembrar de que estava em um momento importante, olha para mim com uma cara estranha, fica pensativa por alguns momentos e depois fala.

– Eu já volto. E você me conta tudo.

Eu fico com mais raiva de mim do que do resto do mundo. Porque abri a guarda para a Catarina e fui ser filha por alguns segundos, esperando um cafuné, um abraço ou até um ouvido atento. Mas eu sei e sempre soube que ela não é e nem nunca vai ser o tipo de mãe que faz essas coisas pelos filhos, pelos outros ou até por si mesma. Então eu nunca mais esperei nada dela. Ou, pelo menos, tentei não esperar.

Uma árvore tímida

Eu não aguentava mais ficar trancada no meu quarto e não suportaria continuar com a minha mãe aquela conversa que não acabou. Então eu vim para o meu verdadeiro clube tentar nadar. Talvez a piscina possa me ajudar um pouco. Talvez.

Hoje está chovendo, então vou direto para a piscina aquecida. Com esse tempo e as férias, ela deve estar vazia.

Deveria, mas não está. Nisa já voltou de viagem e treina algumas meninas mais novas. Quando ela me vê, abre um sorriso enorme. O sorriso é tão lindo que eu faço o que deveria saber fazer desde sempre, mas não conseguia. Eu dou um abraço apertado na minha treinadora. Pela primeira vez na vida, percebo que posso e sei fazer isso. Ela estranha, mas finge que não. No meio do abraço, que dura mais de dois minutos, não me seguro e começo a chorar. Nisa fala com uma voz carinhosa.

— Você está de maiô?

Eu faço que sim com a cabeça.

– Então, nada um pouco. Depois a gente conversa.

Eu mergulho na piscina em que passei os melhores momentos da minha vida e, por alguns segundos, quase me esqueço de tudo. Aqui embaixo, com esse gosto de sal e esse silêncio relaxante, a vida pode voltar a ser boa. Mas os segundos passam voando. E enquanto eu bato meus braços e pernas cada vez mais rápido, as lembranças voltam. Não as lembranças dos últimos dias, os mais tumultuados da minha vida. Mas as lembranças que não eram minhas, de uma época em que eu era muito pequena e ainda não tinha aprendido a palavra que nenhuma criança com menos de 4 anos de idade deve aprender – pelo menos não do jeito que eu aprendi. Eu nado muito rápido, tentando me desviar das cenas e imagens, mas elas estão aqui, nítidas, intensas e muito presentes.

Pátio da escola. É uma apresentação de teatro infantil e estou no centro do palco usando uma fantasia tosca de árvore. Ao meu lado, uma menina vestida de princesa olha para a minha cara e espera que eu fale alguma coisa. Catarina está na plateia de cadeiras improvisadas e tenta acalmar um agitado bebê que não para de chorar. Pela minha cara, eu não queria que as pessoas estivessem prestando atenção em mim, acho que nem queria estar ali no centro daquele palco. Eu sou uma árvore atriz e esqueci as minhas falas. Dois meninos que estão dentro de uma fantasia de burro correm de um lado para o outro. Uma professora despenteada e sem graça entra em cena e sussurra o que eu devo dizer:

"Está com fome, princesa? Pois eu tenho as mais lindas maçãs!"

Ela sai do palco e eu continuo congelada. Então a voz do meu pai vem me socorrer:

"Do seu jeito, filha. Fala do seu jeito, filhota!"

O meu coração dispara e eu não sei se é real ou não. É o meu coração na piscina ou o da menina ruiva vestida de árvore que não sabe o que dizer na peça de teatro? Eu abro um sorriso feliz, mas continuo congelada. Todo mundo olha para mim. Pais, professora despenteada, princesa, os meninos dentro da fantasia do burro. A expectativa para a minha fala é grande. As pessoas não gostam de ver crianças pequenas em situações constrangedoras. Mais uma vez a voz do meu pai aparece:

"É só falar do seu jeito, Bolota!"

Então eu respiro fundo, abro um sorriso sincero e falo com a minha voz de bebê:

"Bunda. Uma palavra muito redonda.
Buuuuuundaaaaaaaaaa!"

A plateia se esborracha de rir. Palmas muito altas e espontâneas. Eu procuro pelo meu pai e vejo um tênis colorido se aproximando. Meu coração dispara, eu acho que finalmente vou ver a cara dele. Ele usa uma blusa de flanela cheia de furinhos. Está chegando perto, cada vez mais perto, eu vou ver o meu pai, eu vou conseguir, eu vou conseguir. Só que, de repente, tudo fica preto.

— O que aconteceu?

Eu já estou na beira da piscina e a minha treinadora quer saber o motivo da minha cara de pânico.

— Não sei. Uma lembrança. E... eu acho que nadei.

— Você nadou, Lola. Você sempre nada.

— Não, eu acho que eu nadei borboleta. De um jeito que nunca consegui antes. Você viu? Você estava olhando?

— Não, eu tinha que prestar atenção na Clara. Ela tem uma prova importante amanhã.

Por causa da minha cara de decepção, Nisa emenda:

— Eu sempre soube que você sabia nadar borboleta. O problema é que você não sabe que sabe.

Eu já estava com saudades de ouvir isso. Saio da piscina e nós andamos juntas para um banco de madeira que está cheio de roupões, chinelos e toucas molhadas.

— Conta logo. Por que você estava chorando? Eu nunca tinha te visto assim.

— Foi por causa de um menino. E da final de um campeonato que eu tenho que nadar borboleta.

A Nisa faz uma cara muito preocupada.

— Campeonato. Você não está nadando em outro clube, está?

– Relaxa, eu não vou sair daqui por causa disso. Só estava quebrando um galho para o time de Salto Bonito. Mas não vai rolar. Porque eu teria que nadar o *medley* na final.

– E qual o problema nisso?

– A borboleta?

– Você não acabou de dizer que acha que nadou?

– Eu acho. Não tenho certeza. Não sei.

– Você só precisa acreditar e nadar do seu jeito.

Uma menina baixinha, com olhos aflitos e totalmente encharcada, sai da piscina e vem em nossa direção.

– Eu acho que consegui baixar mais um pouco o meu tempo. Você marcou, Nisa?

– Não, Clara. Eu estava sem o cronômetro. Bate mais a perna dessa vez que eu acho que você consegue baixar ainda mais.

A minha treinadora volta para a beira da piscina e eu percebo que esse é o fim da nossa conversa. Mas as últimas palavras dela para mim ficam na minha cabeça. Nadar do meu jeito.

Sanduíches de queijo e abraços

Quando eu chego em casa, a minha mãe e o Raul estão sentados no sofá com expressões impacientes. Ao lado dele, três mochilas feitas às pressas.

– Vocês vão viajar?

– Nós vamos viajar, Lola. *Todos nós*. O treinador de Salto Bonito ligou e contou que você tem uma final para disputar. Como assim você abandona o time da noite para o dia? Você nunca fez isso antes. O carro já está com tanque cheio, eu fiz sanduíche de queijo para a estrada e a gente sai em quinze minutos.

– Mas, mãe...

Ela não ouve. Já está na porta da sala carregada com as nossas mochilas. É claro que o Raul não ajuda, só pega uma HQ para ler enquanto a nossa mãe faz tudo. Eu fico sem reação. Sei que a Catarina está certa, não se abandona um time às vésperas de uma prova importante assim. Mas quem é ela para julgar qualquer tipo de abandono? E com que cara eu vou aparecer em Salto Bonito de novo? Eu fico plantada no chão da sala sem nenhuma reação. A minha mãe entra e sai da nossa casa, fecha as janelas, pega a sacola com os sanduíches de queijo, retira o lixo da cozinha. Eu continuo parada, até que um grito dela me tira do transe.

– Vem, Lola. Eu não quero pegar noite na estrada!

É nesse momento que eu me lembro de uma noite na cachoeira de Salto Bonito. O Gabriel lendo a bula de um remédio para passar a minha dor de cabeça. O sorriso dele. O nosso beijo. As tardes com a Zoraide. O céu tapete estrelado, a *banana-split* com sorvete de amendoim da Que Gelada!. Eu percebo a saudade que estou de tudo isso e entro correndo no carro.

A viagem não é muito diferente das outras que já fiz com a minha família. Minha mãe querendo conversar e forçando um tipo de intimidade que a gente não tem, eu com o meu *walkman*, Catarina e Raul rindo de alguma piada íntima deles que eu desconheço. Escuto um pouco da conversa dos dois e é claro que me arrependo de ter feito isso.

– Eu não entendi ainda por que a gente está indo para essa cidade.

– Seu tio tá viajando, Raul. E a Lola tem uma final importante para disputar.

O meu irmão faz cara feia para responder.

– E desde quando você se preocupa com isso?

Silêncio dentro da nossa brasília. Um silêncio que nos acompanha até a entrada da cidade. O movimento do carro, as cem mil lombadas e as ruas de paralelepípedo me deixam enjoada. Ou é o meu nervosismo que me faz ficar assim? Passamos em frente ao Mercadinho do Seu Feijão e a minha mãe ameaça parar para comprar algumas coisas para o lanche. Meu estômago revira.

– Não precisa, mãe. Sobrou um monte de sanduíche de queijo.

O carro segue e eu quase desmaio de medo. Imagina encontrar o Gabriel agora, ao lado da minha mãe e do Raul, o menino mais esquisito do mundo?

Chegamos na chácara e eu vou direto para o meu quarto que, na verdade, é o quarto do meu tio. A casa está do jeito que estava quando fui embora. Mais arrumada, as coisas no lugar. Eu me jogo na cama, abraço o Afonso e tento dormir sem pensar em nada. O que, dessa vez, dá certo.

Já é de manhã e tem alguém sacudindo meu pé. É a Catarina, dizendo que, se eu não levantar agora, vou me atrasar para o treino. O Érico deve ter dito o horário para ela. Desde quando a minha mãe se importa? Por que um único telefonema do Érico transformou a Catarina em um tipo de mãe que ela nunca foi e nunca teve vontade de ser? Afinal, como é que o técnico conseguiu o número de telefone da minha casa?

Eu faço a mochila de natação e saio sem tomar café da manhã. Tudo para evitar contato ou conversa com eles. Ao chegar no clube, vejo que a arquibancada está cheia. A cidade toda lá. Ou quase toda. De novo, perco a respiração. Procuro alguém com os olhos, mas não o encontro. Então vejo a cara sorridente da minha amiga Zoraide e fico calma por um tempo. Ela, a prefeita e o primeiro-damo já voltaram de viagem, estão na primeira fila da arquibancada e me encaram com olhares compreensivos. É como se eles entendessem o que aconteceu comigo nos últimos dias, sem eu ter que contar nada. Eu ando bem devagar. O Érico me vê e vem em minha direção. Eu me adianto:

— Desculpa. Eu sei que eu deveria ter avisado e...

— Eu não quero saber, Lola. Se troca logo e entra na piscina, porque a final já está aí.

— Por que tem tanta gente na arquibancada?

— É um treino aberto.

Um treino aberto. Que ótimo. Eu abaixo a cabeça e vou para o vestiário. O Érico dá um último recado.

— Agora você vai nadar *crawl*, costas e peito. De noite você volta aqui que a gente treina o resto.

Eu me troco e volto correndo. O treino é estranho, cheio de palmas e outras interferências da torcida. Uma torcida incompleta, porque ele não está lá. Eu nunca tinha treinado com tanta gente assistindo. Não é confortável, mas eu faço o que tenho que fazer.

Na saída do clube, a prefeita me surpreende dizendo que vamos almoçar na casa dela. Aparentemente, a Catarina e a Luzia vão querer relembrar todos os detalhes do carnaval que passaram juntas. Eu não sei como elas combinaram isso, de que jeito foi que se encontraram. Mas não perco muito tempo pensando no assunto.

O almoço é gostoso, o primeiro-damo fez uma bacalhoada. Quando as perguntas começam a ficar muito chatas e o clima adultos *versus* adolescentes se instala na mesa, a prefeita libera a gente para comer no quarto da Zoraide. O que é um alívio e uma alegria para mim. Uma alegria triste, porque, assim que entramos no cômodo de paredes desenhadas, eu volto a chorar. Parece que abri uma torneira que nunca mais vai fechar. Entre abraços, soluços e pausas dramáticas, eu conto para a minha amiga tudo o que aconteceu com o Gabriel quando ela estava fora. Zoraide fica um tempo olhando para as paredes, depois levanta, pega uma caneta vermelha e desenha um coração partido na porta do próprio armário. Ela desenha bem.

— Você sabe que eu não sou de ouvir as fofocas da cidade, não sabe? Mas o Gabriel também está bem triste. Vai do mercadinho para a casa, da casa para o mercadinho. Pode ter acontecido o que for, mas no coração a gente não manda mesmo, né?

— É.

Isso é tudo o que eu consigo responder. No coração a gente não manda mesmo.

O perdão é uma perda
muito grande

Já são quase 9 horas da noite e eu ainda estou dentro da água tentando nadar borboleta. O Érico desistiu de me dar qualquer tipo de corretivo e resolveu nadar ao meu lado. Eu nunca tinha visto o meu técnico dar umas braçadas, e ele realmente arrasa na piscina. A borboleta dele é precisa, vigorosa e cheia de estilo. Nós não falamos nada sobre a minha fuga ou a pressão para a final. Só nadamos juntos atrás do objetivo maior, que é melhorar o meu nado borboleta. Ou melhor, fazer com que ele aconteça. O Érico tira os óculos.

– Agora eu quero te ver nadando.

Eu ondulo o corpo e nado até a metade da piscina. O treinador grita.

– Essa foi um pouco melhor. De repente, se os juízes não estiverem tão perto. Tenta mais uma vez. Não se esquece de bater o braço na terceira ondulação.

Eu faço o que ele manda. Ultimamente ando fazendo o que todos mandam, talvez por não saber muito o que fazer.

A minha mãe disse que eu tinha que vir até aqui e nadar com o time, então eu vim. O técnico me manda sair da água na terceira ondulação, eu saio. E agora, entre uma respiração e outra, mais uma lembrança da infância me invade. Então eu me rendo e sigo lembrando. Porque também não tem mais nada que eu possa fazer com isso.

—o o o—

Eu devo ter por volta de 3 anos de idade e estou sentada ao lado da porta do quarto dos meus pais, que se mantém fechada. De lá de dentro saem gritos raivosos e barulhos de gavetas sendo fechadas. Eu monto o meu quebra-cabeça em formato de urso e, vez por outra, me assusto com os gritos da minha mãe.

"Você não tem que entender. Tem que fazer a mala e sair!"

Silêncio. De repente, uma voz chorosa. Aquela mesma voz que eu estou acostumada a ouvir na minha fita e nas lembranças que já tive. É meu pai, que parece muito triste e emocionado.

"Não dá para sair assim, Catarina. E se a gente conversar com mais calma amanhã? E as crianças? E a Lolota?"

"Mais pra frente a gente conversa. Agora eu não consigo. Por favor, vai embora."

Outra porta do armário batendo, dessa vez mais forte. Peça faltando no quebra-cabeça de urso. Eu sou muito pequena para entender o significado da briga dos meus pais.

Eu era muito pequena. Então a minha mãe expulsou o meu pai de casa?

"Um dia você vai se arrepender, Catarina. Vai correr atrás de mim para me pedir perdão."

"Perdão, Rodrigo? O perdão é uma perda muito grande."

Barulho da porta do quarto abrindo.

—o‑o‑o—

Eu paro de nadar e fico olhando para a cara do Érico.

— Que foi? Melhorou, mas você ainda não conseguiu de verdade.

Eu saio correndo da piscina sem responder para o meu técnico.

— Lola, a gente ainda não acabou. Volta aqui!

Hora de responder alguma coisa. Mesmo branca feito um papel, apressada e com outras histórias na cabeça, eu improviso.

— Amanhã eu chego duas horas antes do treino. Prometo.

Tomo banho sem nem lavar a cabeça, me visto bem rápido e corro pra casa. Tá bom, eu conto a razão de tanta pressa. É que essa lembrança sobre a briga dos meus pais me fez ter uma ideia. Uma ideia boba e simples, que eu devia ter tido antes. Mas nada é muito simples na minha idade. Adolescentes, sabem como é, né? Eu vou pedir perdão para o Gabriel. Simples assim. Porque o perdão é uma perda muito grande, ele é uma perda muito grande e eu não consigo mais ficar assim.

O céu tapete estrelado me abandonou de vez e agora só chove nessa cidade. Ou pelo menos chove toda vez que alguma coisa importante acontece em relação ao Gabriel. Não. Chove toda vez que alguma coisa importante acontece em relação ao amor. Parece uma frase de livro. Não *Júlia* ou *Sabrina*, um livro mais sério e adulto.

Eu toco a campainha da casa do menino que tem o sorriso mais bonito do mundo e ninguém atende. Então eu insisto. Mas acho que não tem ninguém em casa. Eu me sento na soleira da porta sem saber o que fazer. A verdade é que eu estava muito decidida, tinha decorado as minhas falas e não pensei na hipótese de não ter ninguém em casa. Afinal, são quase 10 horas da noite. A chuva engrossa. O bolo na minha garganta aparece mais uma vez. Eu não quero chorar agora. Não agora. De repente, escuto um barulho conhecido e vejo a mobilete do Gabriel. Ele tenta entrar com o veículo na garagem da casa, mas eu fico na frente, tentando impedir.

– Biel, por favor. Me ouve. Dois minutos.

Silêncio. Só escuto o barulho da chuva e do meu coração. Será que ele ouve também? É melhor falar alguma coisa.

– A gente precisa conversar.

Ele olha para o nada e responde como se estivesse falando com a dona Carlota ou qualquer outro cliente do mercadinho.

– Eu não quero tomar chuva.

O menino do sorriso bonito não sorri mais. Ao contrário disso, uma lágrima cai do olho esquerdo dele. Agora eu não invejo mais as pessoas sensíveis e choronas de Salto Bonito. Porque também sou uma delas. A lágrima do Gabriel puxa as minhas. Eu começo a chorar e não sei muito bem o que dizer. Ele não reage. Olha bem dentro dos meus olhos e segue chorando.

— Eu fiz o que fiz porque te vi com a Linda naquela mesma noite. Ela sentou no banco da sua mobilete.

— Com a Linda? Eu estava dando uma carona, Lola. Vem cá, você nunca acreditou que eu gostava mesmo de você?

— *Gostava*?

É claro que essa pergunta fica sem resposta. Ele finalmente coloca a mobilete na garagem, volta, passa por mim e entra em casa. Quando ele vai fechar a porta, eu não me seguro.

— Biel, por favor, para de ser criança e vem aqui conversar comigo!

Ele dá um sorriso triste e responde.

— Falou a menina que ainda precisa da companhia de um ursinho de pelúcia para conseguir dormir.

Depois dessa maldade, Gabriel fecha a porta. Eu me arrependo de ter vindo e sigo chorando sozinha pra chácara. No caminho, penso que agora é aquela parte do filme em que a mocinha encontra forças dentro de si mesma para dar a volta por cima. Então, ela enxuga as lágrimas, faz a mala e vai para o aeroporto. Quando o avião já está quase saindo, o mocinho arrependido aparece, abre um sorriso e eles se beijam. Com essa lembrança boba, eu choro ainda mais. Porque não está parecendo que eu vou suspirar de felicidade no final. E não tem a droga de um aeroporto aqui em Salto Bonito.

Acaba com eles, Magrela!

A noite passada eu dormi no sofá da sala. Acho que estava muito cansada ou triste para me arrastar até o quarto. Eu acabei de acordar com um grito histérico do meu irmão.

— Mãe, tem um cara estranho dormindo na MINHA rede!

Quando abro os olhos, vejo que a sala está lotada de homens cabeludos que vestem roupas cáquis e dormem espalhados por todos os cantos. Há meias, mochilas e cantis jogados em cima das cadeiras. Eu tento entender a cena e não consigo. Até que vejo um cabeludo ruivo comendo um pedaço enorme de melancia na porta de entrada e corro até ele.

— Tio!!!

Marcos Jacaré tem o sorriso mais bonito do mundo. Quer dizer, ele tem o segundo sorriso mais bonito do mundo. O primeiro vocês já sabem de quem é, certo? Eu não tenho ideia se ele gosta de algodão-doce, mas meu tio sabe abraçar como ninguém. E agora eu também sei. Não sei como sei, mas sei. Abraçar é bom.

— Bom dia, Magrela! Eu lembro que quando tinha a sua idade, também dormia em qualquer sofá e só acordava depois das quatro da tarde.

A minha mãe entra na sala com o resto dos nossos sanduíches de queijo nas mãos.

— Fala a verdade, Jacaré. Você continua dormindo em qualquer lugar e só acordou porque a gente se assustou com os seus companheiros de expedição. Eu aposto que, se deixar, eles dormem até as oito da noite!

Eu dou mais uma olhada naqueles cabeludos, que agora sei que são amigos do meu tio. É um pessoal diferente. Diferente e livre, como o Jacaré gosta de dizer.

— Até as oito eles não podem dormir porque daqui a pouco a gente já pega a estrada de novo. Que horas são, Lola? Será que Seu Feijão já abriu?

Eu olho para o meu relógio à prova d'água que troca a pulseira colorida e me assusto. Já está na hora de ir para o treino.

— Acho que o Seu Feijão já está aberto, sim.

Eu pego um sanduíche de queijo que minha mãe colocou em cima da mesa e vou para a varanda atrás de um maiô que não esteja molhado, o que é uma missão impossível. Enquanto corro pela casa arrumando a mochila, falo com meu tio.

— Tio, me espera voltar, a gente nem conversou. Ou melhor, vai ver o meu treino de natação lá na Piscina Municipal. É um treino aberto.

Meu tio não responde, fica cuspindo caroços de melancia no chão. Mas a minha mãe parece interessada.

– Dá para assistir ao treino? Eu não sabia!

Eu dou um beijo no meu tio, pulo uns dois ou três cabeludos que ainda dormem no chão e não resisto a dar uma respostinha para a minha mãe. Segundo ela mesma, eu sempre fui boa em *respostinhas*, seja lá o que isso significa.

– Você nunca sabe, né?

Enquanto corro pelas ruas e ladeiras de Salto Bonito, observo a fachada das casas, que agora estão ainda mais enfeitadas com fotos minhas e cartazes de apoio ao time de natação. Claro que isso só me deixa mais nervosa. Uma senhora de cabelos muito brancos e crespos está sentada em uma cadeira na porta da casa dela. Todo mundo faz isso por aqui. Eles sentam na porta das casas e observam a vida dos outros enquanto a vida deles passa. Eu não a conheço, mas ela me conhece e faz um cumprimento engraçado com a cabeça.

– Corre, Lola. Quer dizer, voa. Voa logo e ganha aquele troféu pra gente!

Eu sorrio timidamente, mas não respondo. Meu estômago dói.

A frente do clube está irreconhecível. Não só por causa dos cartazes e enfeites, mas porque agora tem algumas barracas de comidas espalhadas por lá. Ou melhor, *comida*, no singular. Porque em Salto Bonito as pessoas são loucas por pinhão. Então, todas as barracas vendem alimentos à base de pinhão. Sim, o clima é de festa. Isso porque é só um treino.

Quando estou entrando no clube, a perua Kombi velha e despedaçada do meu tio para na porta. Catarina e um contrariado Raul descem: eles vieram ver o treino. Meu tio buzina e grita para mim.

— Não vai dar para ficar. Mas acaba com eles, Magrela!

Três cabeludos idênticos descem para empurrar a perua, que só pega no tranco. Quando ela funciona, eles vão embora junto com o Marcos Jacaré, sabe-se lá para onde. Deve ser para algum lugar legal. Para outra aventura e mais histórias para ele contar. Eu fico vendo a perua se afastar e ouço um grito do Érico, que me vê lá de dentro do clube.

— Para a piscina, Lola!

A cidade toda grita junto com ele.

— Para a piscina, Lola!

Eu entro no clube com a Catarina e o Raul. O treino acaba sendo um pouco diferente dos outros. Não tenho lembrança nenhuma na piscina, mas me sinto bem mais confiante. Detesto confessar, mas acho que o fato de ter a minha mãe na plateia acabou me dando uma força. Eu nado *crawl* muito rápido e aceno para ela quando estou nas bordas. A sensação é boa, porque apesar de não ter conseguido nadar borboleta ainda, eu tenho uma cidade inteira torcendo por mim. Uma cidade inteira, menos a pessoa mais importante do mundo. Ou do *meu* mundo.

A peça que faltava

Eu arrumo algumas coisas no quarto e tento me distrair. Fingir que está tudo bem e que amanhã vai ser uma final de campeonato qualquer, como tantas outras finais em que eu já competi. A minha mãe bate na porta. Não sei como, quando nem o porquê, mas ela aprendeu a bater.

– Entra.

Catarina aparece com um presente embrulhado em um papel de carta da Betsy Claire, uma personagem que eu gostava muito quando era criança. Sim, eu lembro disso. Ela estende o embrulho para mim, um pouco sem graça.

– Toma. Acho que você já estava precisando.

Eu abro o presente, um maiô vermelho lindo. Sim, eu estava precisando. Mas não é só isso que eu abro. Não vou saber explicar o que aconteceu comigo ou com a minha mãe, mas o fato de ela ter ido ver o meu treino e depois aparecer com esse presente me fez falar. Contar absolutamente tudo o que aconteceu comigo nessas férias em Salto Bonito e o motivo de eu ter me transformado nessa garota que sabe chorar e abraçar. Eu não sei se a Catarina é boa com conselhos, essa conversa toda é inédita para nós duas. Mas ela fala mesmo assim.

— Ele volta, filha. Menino é assim mesmo. Eles são mais demorados.

— Não sei, não.

— Amanhã vai ser um dia de festa. Você vai ganhar aquela prova, a cidade toda vai estar feliz. Acho que ele vai entrar no clima e te perdoar.

A verdade é que eu não contei tudo para a minha mãe. Mas agora que comecei a falar, vou ter que ir até o fim.

— Esse é o problema. Não tem como eu ganhar a prova de amanhã.

— Como assim, Lola? Você sempre ganha as provas. Só precisa nadar do jeito que sempre nadou.

— Não, mãe. Eu preciso nadar borboleta. E a verdade é que eu não sei nadar borboleta direito. Só a Nisa sabe disso. E agora o treinador Érico sabe, mas ele já me inscreveu para o *medley*.

A minha mãe chega perto de mim e faz aquele típico carinho que ela sabe fazer, que é colocar a mão em cima do meu ombro e dar um leve tapinha de incentivo.

— Eu queria poder te ajudar, filha.

Com essa fala dela, eu tenho uma ideia. Na verdade, é a única ideia que eu sempre tenho quando converso com a minha mãe. A diferença é que meus olhos agora estão cheios de lágrimas.

– Se você quer me ajudar mesmo, então me conta o que eu sempre te perguntei e você nunca respondeu. O que aconteceu com o meu pai? Por que você escondeu as fotos e nunca fala dele? Por que todo esse maldito mistério?

Silêncio. Só que um silêncio diferente dessa vez. Catarina não disfarça ou sai do quarto. Ela olha para baixo com os olhos também cheios de lágrimas. Então eu vou até o fim e apelo mais um pouco.

– É a minha história também, mãe. A história da minha vida, ou pelo menos do começo dela. E eu tenho todo o direito de saber. Você não acha?

A minha mãe olha para o chão e começa a chorar. Um choro alto e brutal. Um choro que devia estar guardado dentro dela desde o dia 2 de setembro de mil novecentos e setenta e nove. Depois, um pouco mais calma, ela olha fundo nos meus olhos e finalmente começa a juntar os pedaços de mim que se partiram naquele mesmo dia.

– Ele se matou, filha. Ele se matou, se suicidou. Você era muito pequena para entender, o Raul também, mas o seu pai estava deprimido. Não tinha trabalho. E quando aparecia alguma coisa, ele brigava. Queria tocar do jeito dele. Ele era um artista, Lola. Tocava e cantava melhor do que ninguém. Mas não conseguia viver disso. Daí, foi ficando triste. Gritava comigo. Não saía de casa, não queria fazer nada, só cantar para você. Ele foi ficando estranho, triste, calado, sem vida. Eu já tinha tentado de tudo, mas estava cansada... E também com medo. Não aguentava mais. Então, pedi para ele ir embora. E depois, aconteceu o que aconteceu. É claro que eu não contei nada para vocês. Como uma mãe pode contar uma coisa dessas para os dois filhos pequenos?

Eu coloco as mãos no ombro da minha mãe, tentando interromper o choro ou até mesmo a fala dela. Porque o que estou escutando agora parece pesado demais para mim. Para qualquer pessoa.

— Mãe...

— Agora me deixa falar, Lola. Demorou muito para eu conseguir ter forças de novo, mas eu tinha que fazer isso por você e pelo seu irmão. Por muito tempo eu fiquei achando que a atitude do seu pai foi egoísta. Eu não parava de pensar comigo: que exemplo de merda! Covarde, desgraçado. Me deixou sozinha com duas crianças tão pequenas. Mas com o tempo, filha, fui encontrando caminhos. Um deles foi me isolar completamente da família do seu pai e de tudo que me fizesse lembrar dele. Hoje, eu acho que não foi a melhor ideia, mas foi tudo que eu consegui fazer naquela época. Uns anos depois, mais calma, fui atrás de informações sobre o estado em que ele estava antes de fazer o que fez, e descobri que aquilo era depressão. Uma doença, Lola. Entendi, finalmente, que o seu pai não foi covarde. Ele tinha uma doença, que como qualquer outra também precisava de cuidado e tratamento. Infelizmente, a gente não descobriu a tempo. O Raul era só um bebê e a asma dele começou logo depois que seu pai se foi. Eu sei que, às vezes, ele força, mas o seu irmão não é forte como você, filha. Você cresceu assim, desse jeito impetuoso, ganhando uma medalha atrás da outra, sempre bem na escola. Eu não tinha muito com o que me preocupar, tinha? Mas ele...

Enquanto a minha mãe conta a história que agora é minha e pede desculpas por uma vida inteira de desatenção, alguma coisa se quebra no corredor. Estou completamente tonta e sem ar com tudo que ela fala, mas ainda assim consigo abrir a porta e ver que meu irmão escutou a nossa conversa, deixou um copo cair e quebrar no chão do corredor e depois saiu correndo. Não tem jeito, essa ele venceu de novo. Eu aviso a minha mãe e nós saímos correndo atrás dele.

Caixa-d'água e pontas duplas

Estamos voando com a brasília da minha mãe. O carro balança e faz uns barulhos estranhos por causa das pedras na estrada de terra. O Raul sumiu da chácara e nós decidimos pegar o carro para procurar por ele. A minha mãe dirige e chora ao mesmo tempo. Dessa vez eu estou tentando me segurar.

— Pra onde mais ele pode ter ido?

— Não sei, mãe. A gente já passou por tudo, a cidade é pequena. Mas tenta relaxar. O Raul é mais esperto do que você imagina.

— Eu sei que ele é esperto, mas seu irmão não é ajuizado como você. Vai que ele fez uma besteira depois de tudo que ouviu.

Nós duas nos olhamos por alguns longos segundos e eu tenho uma ideia. Uma ideia que não sei de onde vem, mas é assim mesmo que as ideias chegam.

— Pega aquela rua ali.

A minha ideia na verdade era uma intuição, uma intuição que estava certa. Raul está deitado na grama do Disco

Porto olhando de perto o movimento de algumas formigas. A minha mãe desce do carro e esquece de puxar o freio.

— Raul, você quase me mata de susto, filho!

Eu vou atrás dela. Meu irmão não responde para a Catarina, que o puxa pelo braço.

— Vem, vem para casa, Raul. Eu te explico tudo.

Ele não reage. Eu olho para a minha mãe com a cara mais triste do mundo e uma súbita compreensão do que acontece com o meu irmão.

Meu irmão continua olhando para as formigas.

— Mãe, deixa ele aqui. O Raul tá precisando do tempo dele.

A minha mãe fica pensativa por um momento, depois concorda comigo. Nós duas entramos no carro e voltamos para a chácara em silêncio. Acho que depois do que ela contou nós vamos ficar quietas para todo o sempre. Ou pelo menos até o ano dois mil e alguma coisa, quando as pessoas vão ter carros voadores e telefones portáteis. Aqueles mesmos telefones que gravam a vida de todos e acabam com a intimidade das pessoas. Isso só pode ser ficção científica ou pesadelo.

Eu não sei o que dizer ou pensar sobre tudo que ouvi. Esperei a vida toda pela verdade, mas acho que não estava preparada para ela. Porque o pai que eu inventei para mim mesma não era assim. Na minha fantasia, o meu pai sempre foi a pessoa mais feliz e divertida do mundo. Mais ou menos como o Marcos Jacaré, só que menos maluco e mais misterioso. Mas uma coisa é a fantasia e a outra é a vida de verdade. E, na minha atual vida real, eu não me sinto preparada para encarar essa verdade sobre o meu pai. Mesmo tendo procurado por ele a vida toda.

Quando chegamos na chácara, a Zoraide e a prefeita estão lá. Elas usam chapelões chiques, maiôs asa-deltas e óculos escuros enormes. A Luzia anuncia:

— Estamos muito ansiosas para a final de amanhã. Temos que fazer alguma coisa com isso!

Eu não sei muito bem como responder. Catarina também não.

— Ah, tá. Legal.

A prefeita sorri e me puxa pelas mãos até o carro dela. Zoraide e minha mãe vêm atrás.

— E se nós estamos ansiosas, vocês devem estar uma pilha de nervos. Então a ordem é relaxar.

Entramos no carro e vamos para algum lugar que a minha amiga e a mãe dela preferem manter em segredo. Catarina fica ressabiada por causa do meu irmão ou de tudo que ele ouviu e ela nos contou, mas também não consegue resistir aos divertidos apelos daquela dupla de mulheres.

O lugar aonde elas nos trouxeram para relaxar, além de misterioso, também se revelou bastante divertido. É que agora estamos as quatro apertadas dentro da caixa-d'água que fica em cima da sorveteria Que Gelada!. Segundo a prefeita, essa é a melhor vista da cidade. E a melhor piscina também, porque parece uma banheira, a água não é muito gelada e não temos que disputar espaço com ninguém. É claro que a explicação dela não faz o menor sentido. Não dá para entender como é que uma prefeita séria e adorada como a Luzia pode ter uma ideia tão distorcida sobre piscinas e diversão.

Passamos o resto da tarde comendo jabuticabas e falando milhões de bobagens. Os assuntos vêm e vão. A tal da piscina-banheira-caixa-d'água acaba se revelando mesmo um programa pra lá de divertido. Tão divertido que eu finjo que não ouvi o que ouvi sobre o que aconteceu com o meu pai e me esqueço de tudo. Ou quase tudo. Porque, de quando em quando, eu me pego viajando na maionese e lembrando do dia que o Gabriel me pediu em namoro depois de espremer uma espinha nojenta na minha cara. Só que, quando eu estou no meio dessa lembrança, a prefeita me surpreende com uma pergunta no mínimo peculiar.

— Lola, como é que você faz para ter esse cabelo tão bonito depois de tantos anos de cloro? Você não tem nenhuma ponta dupla!

Amanhã eu estou de volta

São 11h30 da noite e eu estou sozinha de novo. Eu descobri que o meu pai tinha depressão e se matou. Eu me apaixonei pela primeira vez na vida e tive a coragem de beijar um menino que usa uma bandana ridícula na frente da minha primeira paixão. Deixei uma cidade inteira na expectativa de um troféu que jamais vou ser capaz de ganhar. E agora olho para uma fita cassete toda rabiscada e sinto que ela não pode mais me ajudar. Quem poderia?

Na última olhada que dou para a fita que está em cima da minha cama, meu corpo gela. De raiva, de ódio, de medo. De repente, o choro que não veio quando a minha mãe contou sobre a verdadeira morte do meu pai aparece. Com uma força que eu nunca pensei que teria, mesmo nos meus bons e velhos dias de campeã das piscinas. Eu choro e grito muito alto, sem vergonha ou medo de acordar a Catarina e o meu irmão, que dormem juntos na rede da sala. A raiva me domina e o gelo que eu senti se transforma em fúria. Eu jogo todas as coisas que estão em cima da cama no chão. A fita cai. Eu olho para aquele treco velho e quadrado e piso muitas vezes em cima dela. Depois pego uma tesoura e faço picadinhos dessa última e única memória do meu pai. *Você não podia ter feito isso com você, pai. Você não podia ter feito isso comigo. Nem com a minha mãe. Você não podia...*

No meio do meu processo de destruição de tudo, de todos, da memória e de mim mesma, escuto umas pedrinhas baterem na janela. Não é possível. Quem é capaz de chegar em um momento como esse? Preparem-se para mais uma frase cafona no meio de tanta dor e angústia. Ou me respondam. Quem seria capaz de chegar em um momento como esse? Só o Gabriel, certo? Porque o Amor é capaz de tudo, certo? Mas, em vez de ficar aqui fazendo graça com o apelido que inventei para o Gabriel, eu abro a janela. Ele olha para mim com um certo espanto.

– Eu queria te dar boa sorte na prova de amanhã e...

Eu escancaro a janela e faço um sinal para ele entrar, enquanto tento disfarçar o choro, a dor, a raiva e a alegria que sinto em vê-lo na minha casa de novo. O Gabriel pula a janela do meu quarto e me encara.

– Você estava chorando?

Eu não tenho como negar.

Ele me interrompe com um beijo. Não um beijo qualquer, mas um beijo apaixonado, cheio de saudade e desespero. Eu não quero nunca mais sair daqui. As mãos do Gabriel me seguram com força enquanto a raiva e a tristeza vão embora. Tudo de triste que aconteceu entre nós dois, ou tudo que aconteceu comigo antes de beijar pela primeira vez a boca desse menino, não faz mais sentido. Porque agora só existimos nós dois no mundo. Eu, ele e o céu tapete estrelado de Salto Bonito. O que eu posso dizer sobre o que está acontecendo agora com o meu corpo e o meu coração? Nada. Porque essas coisas a gente não diz, a gente sente. Então, eu peço licença para só sentir e não contar mais nada. Amanhã eu estou de volta.

Esperança

A cidade de Salto Bonito está em festa. Na rodoviária, os 15 ônibus fretados para levar o time de natação e a torcida para a final dos Jogos Regionais estão enfeitados de um jeito espalhafatoso e divertido. Eu tento chegar até o meu ônibus, mas a torcida não deixa. É muita gente e muita festa. Catarina e Raul se divertem com o movimento, enquanto a banda toca um frevo barulhento e a prefeita tenta organizar a bagunça.

Eu não quero entrar no ônibus antes de me despedir do Gabriel. Quem sabe se com um beijo dele eu não desenrolo o meu *medley* magicamente, como acontece nas histórias que as crianças leem?

O Érico chega atrasado e ansioso. Ele faz um sinal para mim, como quem diz "nós conversamos no ônibus". A Linda está mais linda do que nunca, ainda com o braço enfaixado e com muita raiva de mim. É claro que ela não me cumprimenta.

A Zoraide aparece do nada e me dá um abraço.

– Boa sorte!

Eu sinto uma explosão de amor por essa menina. Então

abro a minha mochila, tiro o Afonso de dentro e entrego para ela.

– Eu sei que é um presente meio idiota. Mas eu queria te dar mesmo assim. Ele foi muito importante para mim. Assim como você é muito importante para mim, Zo!

A minha amiga pega o Afonso e a gente se abraça de novo. De repente, ela fala baixinho:

– Se segura. Ele está vindo falar com você.

Ela não sabe do que aconteceu ontem. Nem vocês sabem direito, eu acho. Mas não importa. O que importa é que o Gabriel está tentando driblar toda a torcida para me encontrar. Eu me afasto da Zoraide e chego perto dele.

– A gente não conversou direito ontem.

– Não. A gente fez coisa melhor.

Os ônibus dão partida, e o motorista daquele que vai levar o time buzina. Todo mundo já subiu, menos eu. A torcida grita:

– Nada, Lola, nada!

Eu dou um abraço no Gabriel e entro. Não sei em que ônibus ele vai. Não sei o que vai acontecer com a gente daqui pra frente. O que sei é que o sorriso dele é incrível e vai ficar comigo pra sempre.

A cidade de Esperança fica a oitenta quilômetros de Salto Bonito. Os ônibus andam em comboio e fazem festa pelo asfalto. Para variar, eu me sento sozinha em um canto. Isso não mudou. As meninas cantam para espantar a ansiedade, mas não sei se adianta. Nem sei dizer se estou ansiosa ou não. Também não sei o que vou fazer para nadar o *medley*. O Érico adivinha os meus pensamentos, porque ele senta ao meu lado e me encara por alguns longos segundos.

– Agora é nadar, Lola. Entra na piscina e nada do melhor jeito que você puder.

– Tá, eu vou tentar.

O resto da viagem passa em silêncio. Um silêncio que diz muito.

Agora eu estou sentada no banco do vestiário do clube da cidade de Esperança. O time todo já saiu. Eu falei para as meninas que ia fazer uma oração, o que é uma mentira deslavada porque, de verdade, eu não sei rezar. A Mariana entra no vestiário.

– Lola, você não vem?

Eu faço que sim com a cabeça. Ela sai. Eu coloco a touca e os óculos de natação e recebo a visita da minha mãe. Acho que nunca tinha visto a Catarina em um vestiário antes.

– Eu te ouvi destruindo a fita do seu pai ontem.

– Você ouviu alguma outra coisa?

– Não, filha. Mas eu achei triste. Muito triste.

– Eu me arrependi, mãe. Mas fiquei com raiva. Não queria ter mais nada dele.

A minha mãe me dá aquele tapinha leve nos meus ombros e sorri.

– Ah, isso não tem jeito, Lola. Você é muito parecida com ele, filha. Às vezes eu acho que você herdou todo o lado bom do seu pai. A intensidade, a paixão e a risada.

– A risada?

A Mariana entra no vestiário de novo e me chama mais uma vez. Lá fora a torcida grita pelo meu nome. Eu saio junto com a minha parceira de time, enquanto a minha mãe completa a frase.

– Você sempre teve a risada do seu pai, Lola. A risada mais bonita do universo.

A torcida de Salto Bonito domina a arquibancada. Eles usam pompons, apitos e até rojões. Os juízes estão meio enlouquecidos com o barulho. Eu não consigo reconhecer ninguém e fico aflita na borda da piscina, porque logo vai ser a minha vez de pular.

O apito soa. Eu respiro fundo pela última vez e pulo. Saio junto com as outras competidoras, mas me distancio delas rapidinho. Fui bem no nado costas e agora começo o nado peito. A torcida vibra. Eu nado cada vez mais rápido e sei que na próxima virada a borboleta vai ter que sair.

Então chega a hora. Tento nadar sem pensar. Rápido, muito rápido. Bato o braço na terceira ondulação. Rápido, mais rápido. Eu começo a ficar muito ofegante. E, de repente, no meio da prova mais importante da minha vida, sou invadida pela minha última ou... primeira lembrança.

Eu tenho um pouco menos de 2 anos e estou de maiô vermelho correndo de um lado pro outro muito perto da piscina da casa em que moramos. Só que, no meio da corre-ria, eu caio na piscina. A minha mãe, que está na espreguiça-deira lendo um livro gigantesco, fica sem ação. Paralisada de medo. A única coisa que ela consegue fazer é gritar:

"A Lola. A Lola caiu na piscina!"

Imediatamente, o meu pai, que nem estava no terraço nem nada, aparece correndo e pula na piscina para me sal-var. Só que ele não me salva.

Dentro da piscina, meu pai olha bem para mim e vê que eu estou batendo os meus braços e pernas de bebê. Então ele sorri, orgulhoso.

"Ela não caiu, ela pulou. A minha filha, ela sabe nadar!"

Eu lembrei.

Estou vendo o rosto do meu pai pela primeira vez na vida. Ele tem uma barba linda. Linda demais. Nós nos encara-mos e sorrimos um para o outro. Acho que somos parecidos. O mesmo olho, a mesma boca, ele tem até algumas sardas. Eu penso nas coisas que quis dizer para ele todos esses anos, mas nada disso parece fazer diferença agora. Então, brinco com o rosto dele, como se fizesse isso todo dia no café da manhã. Ele faz um carinho na minha bochecha. Depois, me dá as mãos e nadamos juntos até a borda da piscina.

"Ela não caiu, ela pulou. A minha filha, ela sabe nadar! A minha filha, ela sabe voar!"

Agora estou nadando borboleta perfeitamente. Não, eu estou voando. A torcida grita o meu nome para me incentivar mais e eu não consigo parar de me lembrar do sorriso do meu pai. Do dia em que ele olhou pra mim embaixo da água e me transformou em uma campeã de natação. Isso é mais bonito e mais forte do que qualquer outra coisa que ele tenha feito. Essa é a história dele. A história que agora também é minha. A história que vai ficar. Eu dou a última olhada para o rosto-lembrança do meu pai enquanto ele olha pra mim dentro da piscina e bato a mão na borda bem antes do que as outras meninas.

O apito soa. O troféu é nosso.

Eu saio da água e vejo o Érico chorar feito uma criança ao lado do resto do time. Na arquibancada, a cidade inteira em festa. Até a Linda pula e agita os braços para cima, não se aguentando de felicidade. A Zoraide está abraçada com o pai e a mãe, os três gritam juntos. O Raul e a minha mãe batem palmas ao lado da dona Carlota. É a primeira vez que eu vejo ela sorrindo.

Eu não preciso procurar muito até encontrar o meu amor. Então eu suspiro forte, como aquelas heroínas de livro que têm histórias lindas para contar, e dou a risada mais leve e feliz que já dei na vida. A minha risada, a mais bonita do universo.

Com a palavra, Keka Reis

Sabe aquela coisa que a gente sente quando está diante de uma piscina ou um rio muito gelado, e não sabe se pula ou não? A ideia de se jogar parece boa, afinal, nadar é divertido. Por outro lado, os dois primeiros minutos dentro da água podem ser insuportáveis. Tipo...você quase congela, lembra que não tem toalha, sente um vento gelado na ponta da orelha e fica se perguntando se algum dia vai ser capaz de superar o frio. Foi isso que eu senti ao começar a escrever a história que você acabou de ler. Um frio. Um frio gigantesco no meio da minha barriga. Um frio gigantesco no meio da minha barriga que me impedia de pensar. Então eu não pensei. Não respirei fundo, não fechei os olhos, não fiz planos e nem olhei para trás. Eu simplesmente pulei.

Foi bem isso. No primeiro semestre do agitado ano de 2013 eu dei um mergulho que mudaria a minha vida para sempre. Exatamente como a pequena Lola fez, quando ainda era um bebê e se jogou na piscina da casa dela. A verdade é que tudo começou com essa cena. O meu amigo Marcelo Starobinas, que naquele momento era também meu professor em uma oficina de longa-metragem, achou a imagem forte e disse que eu deveria escrever um filme a partir dela. Um bebê impetuoso que se atira na água. Sim, o *Medley* foi um roteiro de longa-metragem antes de virar livro. Um roteiro escrito durante vários meses no curso que o meu amigo tinha acabado de inaugurar. Escrito ao lado de roteiristas sensíveis, que me ajudaram demais nos momentos em que o frio na barriga se transformava em pavor, e eu acreditava que não iria conseguir levar essa história até o fim. A verdade é que é muito mais fácil se jogar em qualquer coisa quando estamos de mãos dadas com outras pessoas.

Por isso, todo o meu amor e a minha gratidão às muitas mãos estendidas e olhares generosos das pessoas que me acompanharam nestas minhas primeiras braçadas em águas desconhecidas: Guilherme Aguilar, Gisela Marques, Camila Tarifa, Ângelo Capozzoli, Ricardo Pocci, João Tenório, Bruno Galhardo, Buca Massi e Arnaldo Pagano. Depois de ter escrito mais de noventa cenas, derramado rios de lágrimas e discutido com essa turma boa se um personagem pode ou não se chamar Amor, ou se isso pareceria ingênuo demais naqueles dias, o roteiro ficou pronto. E então eu decidi nunca mais sair da água. Porque o frio já tinha passado e eu, finalmente, me sentia pronta para me aventurar em muitas outras histórias. A Lola, com suas braçadas certeiras e incansáveis, me transformou em escritora e dramaturga, me jogou no abraço de parceiros antigos e queridos e me fez feliz infinitas vezes, como no meu aniversário de 40 anos, quando eu ganhei um prato decorativo com a ilustração de uma menina borboleta na beira de uma piscina. Este desenho agora está em todos os cantos da minha casa. Obrigada, Daniel Almeida, meu irmão querido. Um abraço apertado também na Renata Druck, Max Eluard, e na Índigo, parceiros de tantas histórias.

Foi de mãos dadas com a Lola, essa adolescente que soube se reinventar, que eu cheguei até 2020, um ano que eu nunca vou esquecer. Por causa da pandemia, mas também das notícias boas que vieram neste momento tão insólito. O *Medley*, que já tinha sido transformado por mim em livro, ia ser publicado pela Plataforma21 em 2021. Quem me deu essa notícia maravilhosa foi a Lúcia Riff, agente querida que vai ganhar muitos abraços apertados quando a pandemia acabar. Ela e toda a equipe da Agência Riff.

É claro que eu senti o tal frio na barriga de novo com a notícia. Porque, entre 2013 e 2021, muita coisa mudou no mundo, dentro de mim e nas histórias que eu escrevia. Mas de novo eu estava (e estou) muito bem acompanhada. Thaíse Macêdo, minha editora, é uma daquelas pessoas que não têm medo de se jogar. Obrigada pelas infinitas conversas, reuniões, sugestões e risadas. Foi muito especial trabalhar ao seu lado. Também agradeço de coração ao Marco e a toda a equipe da editora, pessoas claramente apaixonadas pelas histórias.

Por fim, mas não menos importante, um agradecimento especial para Róger e Alice, marido, filha e parceiros das melhores aventuras, e a todos os meus amigos, tios, primos e amores com quem vivi intensamente o começo dos anos 1990 na cidade de Jaú. Foi ao lado de vocês que eu aprendi a voar.

SUA OPINIÃO É MUITO IMPORTANTE

Mande um e-mail para **opiniao@vreditoras.com.br**
com o título deste livro no campo "Assunto".

1ª edição, ago. 2021
FONTE ITC Berkeley Oldstyle Std Book 12/16pt
        Effra 21/32pt
PAPEL Book Creme 60g/m2
IMPRESSÃO Geográfica
LOTE GEO112321